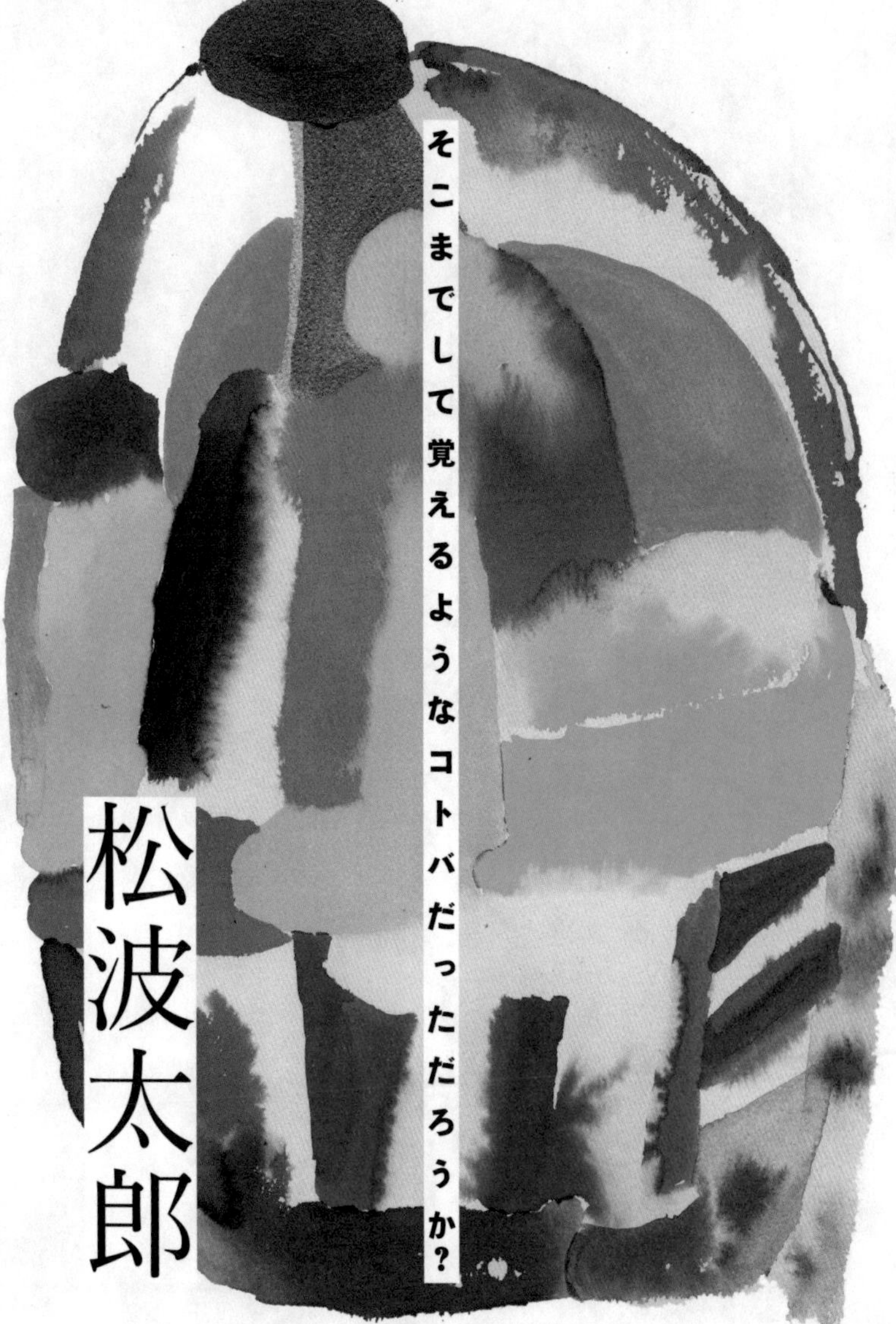

# そこまでして覚えるようなコトバだっただろうか？

松波太郎

書肆侃侃房

# 故郷

言葉なんかおぼえるんじゃなかった
言葉のない世界
意味が意味にならない世界に生きてたら
どんなによかったか

（田村隆一「帰途」）

# 1

「何でモンゴルに行きたいのかが、やっぱりわからないんですよねぇ。何度読み返してみても、よくわからないんです。字数に限りがあったから、うまく書ききれなかったということなんでしょうけれど、しかしもう少し違った書き方というものがあったんじゃないでしょうか？　いかがでしょうか？
　口の方で代わりにそろそろ言っていただければと思うのですが……何故モンゴルに行きたいのかを」

　それです……ととっさに返そうとしたけれど、それが伝わるわけでもなさそうなので、わたしはやめておくことにした。んー……と心か頭の中の方で結局うなり続けていると、口から外にもれでていったのかもしれない。

「んーとずっと考えてばっかりいないで」ここではやはりすべてが言葉になってしまうみたいである。

「んーんー言いながら考えてばっかりいないで」

　とけしかけるように言ってくるけれど、実は考えてもいないのである。

「そろそろお答えになってください」

　もちろん最初は正確な意味の言葉をさがしだそうとして、んー……と自然にうなっていたのである。

「お答えにならないままだと」

しかしだんだんと言葉をさがしだすのが面倒になってきたのである。

「それではんーが理由になってしまいますよ？」というような相手の言葉を耳にし続けていたこともあるのかもしれない。「んーが理由になってしまいますよ？」

べつにそれでも構わない、というかそれが答えかもしれないと思い直しながら、んー……とうなり続けている。

「いいんでしょうか？」

また相手に言葉とみなされるのも面倒くさいので、口の外にはもらさないようにうなり続ける。

んー

とうなり続けていると、すべてが面倒になってくるような何かへのプロテストソングのようにも感じられてくる。

んー

これ以上どう相手に説明しようか……

んー

これ以上どのような言葉で説明したらいいんだろうか……

んー

最初から言葉で説明することなんてムリだったんじゃないか……という言葉を最後のようにして、心の中でも頭の中でも何も思わなく考えなくなっていく。

んー

というどの母音にも属さないような音は、そのまま体の中でもどこにも属さないかのように一つ一つの境界をまたいでいく。

んー

少しむず痒くもなってくるくらいゆっくりとしたのんびりとした歩調でのそのそとこだましていっている……

んー

このままどこまで行くんだろう……

んー

すでに頭や心の中は通りすぎていて、目や耳や鼻はもちろん、首をこえて、胴体から四肢の方へと進んでいっているようである。

んー

血が進んでいく音のようでもある。

んー

すでに自分がわざわざならなくても、こだまして響いてくるのである……よく耳をすまさないといけない……

んー

耳だけでなく体全体で集中して感じないといけないような些細な音である……

んー

すでに下半身の方にまで進んでいっているだろうか……

んー
一つ一つを分けていくような溝やひびなどは実のところなくて、スムーズに同じ速度のまま進んでいっているみたいである。
んー
足の先端にまでこのまま平らに続いていくのだろう……
んー
手の指の一本一本にまで平らに続けていくのだろう……
んー
そして極東と極西が同じ四肢として手をとり足をとり合うように和んでいくんだろう……
んー
一周して戻ってくるのだろう、血行のように……

このたびは是非みなさんにとっても良いチャンスだと思い、わたしは応募させていただいたのです。わたしを是非モンゴルに行かせてください。送ってください。わたしをモンゴルに送ってくだされば、おそらくひびが生じるようなことも少なくなるのです。ズレること自体が少なくなるのです。平和になっていくのです。ですから平和のために、わたしをモンゴルに行かせてください。送ってください。どうぞよろしくお願いいたします。

「いろいろと引っかかる文言があるのですが、時間も限られていますので、大きな所からきいていきたいのですが、何なのでしょう？　そもそもこの平和というのは？　ずいぶん大きく出ましたね、というのが正直な所ではありますが、まぁたしかにこの手の制度への志望動機として使われることの多い文言――キャッチフレーズめいた文言ではありますが、ズレていませんかね？　〝ズレ〟というのはあなたのこの志望動機書の中にもある言葉ではありますけども、そもそも平和というのは少なくともモンゴルを志望する動機・理由としてはズレていませんでしょうか？」

　わたしが事前に送付した志望理由書を、わたしの目の前に置いてくる。別の人が書いたもののようにも感じられてくるけれど、そもそも文字という存在自体が別の人のようなものなのかもしれない。

「……んー」口から再びもらしてから、言葉を自覚して使うことにした。久しぶりに感じる。「……はい」

　とまだリハビリのように小さくて短い言葉しか発していない自分の目には、文字が相手と自分の間を隔てる溝やひびのように見えはじめている。

「平和じゃないでしょうか？　すでに現在のモンゴルというのは？」

　あっという間にわたしはまた黙りだした。また心の中でうなりだしたくもなってくる。

「すでに国内の反乱も収まっておりますし、今回募集のある国の中ではかなり平和ではある国かと」

　それくらいのことはわたしも事前に知ってはいる。

「まさかチンギスやフビライの頃のモンゴルと勘違いしていませんよね？」

「……いえ」

「いえ？」わたしがここで初めて使った否定の言葉かもしれない。「どこに係っている〝いえ〟ですか？」

　と細かく特定しようとしてくる。

「……そういう意味じゃなく」

　ズレていかないように、慎重に言葉を選ぼうとする。

「……えーと」やっぱり言葉で伝えるしかないんだろう。「……つまり、地形みたいなものです」

「地形？」

　これだけでは足りないように自分でも感じたので、一字一字に仕方なく割ってみることにした。

「……つまり、平らに和む、というような地形です」

「平らに和む？」

「……はい」

「平らに和むなんて、初めて耳にしました」

　数秒の間をあけてから語をついだ。もしかしたらわたしが言う番だったのかもしれない……

「そんな言い方しないでしょう、平和を」

　今度は二、三秒ほどの間である。

「これは本来言うべきことではないのでしょうが」だったら言わなければいい。「あなたはここまでのマークシート方式の試験の方ではほぼ満点をとっていらっしゃる。試験のためによくご準備されてきているようですし、わたくし共としましても快く送りだしたいところなのですが」

　室内の掛時計を一度見上げる。

「肝心の志望動機の方が……」すぐにまた視線を書類に戻す。一秒でも無駄にしたくないようだ。

「地形ですか」

「……ええ」

「行かれたことはまだないんですよね？」

「……ええ、まぁ」

「もしかして」という言い方には〝もしかして〟ほどの自信もないようだが、あながち外れてもいない。「ただ草原に行きたいだけなのだとか？」

「……それもあります」

「それも？」なんで〝も〟を付けたのか、自分でもよくわからない。「なんだかだんだんとごく私的な観光のために行きたいだけのようにもきこえてきました」

「……いえ」断定するのが怖かったんだろう。

「これはあくまで公の制度ですので。国の政府開発援助の一環として行われている制度ですので。つまり、国民のみなさんの血税を使って……」

　という言葉の途中で、自分の方がつい遮ってしまう。

「……知ってます」言葉というのはすぐに人をせっかちにしてしまう。「……それは」

　応募のパンフレットにも書いてあったことである。

「本当ですか・でしたら・たとえば」と陸上競技の三段跳びのようなテンポで一気に跳んでいってし

まう……「アフリカなどではいかがでしょう？」

「……アフリカ？」

なんでそんな地名が突然出てきたんだろう？

「ええ。アフリカにも草原はたくさんありますよ。今回の募集国にもたくさんありますし、〝平和〟にしがいがある国もたくさんありますよ」

どうです？　と掛時計の秒針のように細い手をさしのべてくる。

「……モンゴルじゃないと」とついわたしも相手のテンポに乗せられ言いはじめているけれども、もしかしたらアフリカにもあるのかもしれない。「……ダメなんです」

モンゴルを見つけて以降調べていないだけである。

「……たぶんダメなんです」

それでもアフリカはやっぱり何か違うように感じている……んー……などと鳴いていたら、噛み殺されてしまうかもしれない……

「アフリカの方がモンゴルよりもまだ気候的には良いかもしれませんよ」

足の速い動物ばかりが棲んでいるはずだ……

「何を隠そうわたくしも隊員として十二年前にモンゴルに行っていたのですが」いつのまにかまたモンゴルの方に話が戻っている。「ありえないくらいの寒さですよ。マイナス二十度以下が続きますし、実際はその気温より寒く感じられます。底冷えと言うのでしょうか？　体の芯まで冷えて、芯にある心臓がドックンドックン、わたくしにここで寝るなよ、寝たら死んでしまうぞと雪山の中で声をかけてくるように強く強く打ち続けてくるのが逆に怖くて、別の人の心臓のようで」

「……はい」ちょっと面白い言葉の使い方をする人だな……くらいの印象である。「……そうですか」

「たしかに時々草原の悠大さをイメージしてモンゴルに行かれるかたもいますが」

「……はい」

「みなさん住むのはムリと言って帰っていきますね」

それでも少なくともここよりはマシになるはずである……

「モンゴルに住むのは大変ですよ」わたしは大丈夫ですとこのタイミングで返そうとしたけれど、痰のような物が絡んでうまく語頭が出なかった。〝んー〟が動かなくなって痰のように固まったのかもしれない……「このきびしい気候や自然の方は〝平和〟にしようがありませんよ」

と言って舌を扇子のように一瞬だけ出してうまいことを言ったというような賛辞を煽ってくるけれど、そんなにうまいようには感じられない。

「〝平和〟にしようがありませんので、きびしい気候と自然の方は」

と倒置してさらにくり返してくるけれども、やはりそんなにうまくは感じられない。そもそもそういううまさに自分が興味や関心がないだけかもしれない。

「うほんッ」とわたしの中の〝んー〟をも吹き飛ばすくらいのボリュームの咳払いをしてから、わたしにさらに揺さぶりをかけようとしてくる。「それも二年ですからね、任期は。たしかに渡航・生活費もろもろは出ますが、本当にきついと思いますよ」

わたしとしては二年どころのつもりはない。

「あのきびしくて長い冬が二回もあるのですよ」

住みつくための入口としてこの制度を利用するだけのことではあるけれども、今住んでいるこの国から自分がいなくなることが、この国の〝みなさん〟のためにもなるのである。だから〝送ってください〟と書いたのであるが……

「食事もきついと思いますよ、乾燥したヒツジやヤギの肉のにおいはすごいですよ」

「……はい」

「ヤギのミルクやチーズもすごいですから、日本人には」

「……はい」

「写真はにおいまでは写せませんから」

「……あぁ、はい」

「やめておいた方がいいですよ、モンゴルは」というあたりで落着させようとしてくる……「ゲルにはトイレもキッチンもバスもないですから」

　書類の四隅をテーブルに叩いて揃えはじめている。

「……モンゴルじゃないとダメなんです」このままでは落とされてしまう……という危機感をおぼえて、わたしは言い返した。「……ダメなんです！」

　モンゴルの寒さやにおいを吹きとばすような口調にはしたつもりではある。

「どうしたんですか？　いきなり体育会的な口調になって」と面接官の方はとらえている。「いきなり体育会的なノリで来られましても……」

　熱意を込めれば相手に伝わる……というような言葉も耳にしたことがあるので、続行することにする。

「……お願いします！」もうこれしか手段がないように思われている……「……行かせてほしいんで

す！」

「ですから、何故ですか？　言っている内容は同じじゃないですか？」

口調を変えているだけじゃないですかという言下に、わたしは続ける。

「……どうしてもわたしをモンゴルに送ってほしいんです！」

「何かしらの熱い気持ちがあるのだろうことだけは……」

「……どうしても行かなくちゃいけないんです！」

「もうきちんと伝わっておりますので……選考結果は後日郵送にてお送りし……」

めずらしくわたしの方から相手の語尾にかみついていくくらいに、冷静さを失っていたんだろう。

「……どうしてもわたしは行クィ……」ととっさにぶつかってしまう。「……んー」

急いで言い換えようとする……行きたい、赴きたい、帰りたい、と心の中で思い換えてから、実際に口にだした。

「……帰りたいんです！」

言った後になってすぐに、自分の発言のまずさにわたしは気づいた。

「帰りたい？」という相手からのすみやかな問い返しが来る前にである。「帰りたいと今おっしゃいましたね？」

言い換えたことでかえって今回は自分の本音に近づいたようにもこの問い返しを耳にしながら思いはするものの、ここではまずかったのだろう……

「もとはむこうのかただったんですか？」と次の問い返しが来た頃には、ぐらつきを感じはじめている。「お名前はこちらのかたのようですが？」

あるいは先ほどテーブルを叩いたことの振動が地盤にまで伝わっていったかのようにまだわずかなぐらつきではあるので、相手の方は気づいていないようである。

「モンゴルの血が混ざっているということでしょうか？」わたしに問うてくるので夢中になっている。

「お母さん側がそうだから名字はこちらのままということでしょうか？　モンゴルの血が入っているから国際貢献をするならモンゴルがいいということでしょうか？」

と名前と血で分けて交互に問い続けてきたところで
「ようやく腑に落ちてきました……」まずはわたしの表情の変化の方に気づいたようである。「言いだしづらいことだったんですね、そのお顔から察するに……」

ぐらついてはおさまり、ぐらついてはおさまり、ぐらついては……というようなリズムで地面が波打っているようである……

「そうでしたか……」

緩んでは締めつけて、緩んでは締めつけて、緩んでは……という心臓のポンプ運動のようにもだんだんとなってきていて……

「言われてみると、たしかにどことなくモンゴルのかたの面影が……」

わたし自身の心拍こそが揺れのようにも感じられてくる……

「モンゴル人とのハーフということで色々あったんですね、過去に……」あるいは誰かの体の中にいるようにも感じられてきている……「若干私的な動機のようにもやはり感じますが……」

さきほど〝心臓〟という言葉をこの相手がもちだしたからかもしれない……

「モンゴルのかたということでしたら……」

電灯も心臓の拍動のように明滅しはじめているようだ……

「たしかに気候も食事も問題はなさそうですね……」しゃべることに夢中になっている相手にはまだ感じられていないようである……「たしかにリタイヤはなさそうですね……」

震度で言うと二とか、もしかしたら一とかなのかもしれないけれど、これ以上ズレを引き起こしてしまってはいけないので

「……はい」

とわたしは適当に返事をしながら

「……はい、はい、はい」

と相手の言葉もせかしながら

「そうですか、モンゴル語の方も」

「……はい」

「しゃべれるんですね？　モンゴルには行ったことがなくても」と話が妙な方角に進んでいっていようとも、ここにじっとしたままではいけない。この紫檀と思しいテーブルも木目からひび割れてくるかもしれない……「これはすばらしい」

「……はい」

イスを立ち上がりだしているのに、まだ話しかけてくる。

「合格後の研修もスムーズにいきますね」すでに書類を叩いて揃えて、相手も望んでいたことのはずだ。「でしたら、今ここでしゃべっていただけませんか？」

「……はい？」

「そのモンゴル語を少し」

「……はい」

「わたくしもちろんわかりますので」

このままモンゴル語の方で告げて帰っていってしまうのでもいいかもしれない……と思った時には、自分の口はすでにしゃべりだしていた。

「……サイン」しゃべっていた、というより、発していたという方が合っているかもしれない。「……バイノー」

口が独立していくように勝手に発しだしている……

「……ノォー」

「あぁ、サエンバエノ、まずは挨拶からですね？」

「……ザー」

と〝はい〟とモンゴル語で返すものの、すぐに母音の方が強くなりだしている……

「……ズァー」

「ズァー？」

わたしにはすでにアーのようにも伝わりだす……

「アー」

「ずいぶん訛った発音をされますね？　モンゴルでも辺境の方のご出身のお母さ……」

依然としてまだ揺れているので、わたしはこのままこの部屋をあとにすることにする……

「バァー」そうすればこの相手も揺れていることに気づけるかもしれない……「アー」

という音に導かれるようにして……

「ルゥータァーイー」

と意味合いとしてはきちんと〝さようなら〟になっていて、ディナーショーの歌手の去り際のようにドアの外に出ていく……

「イー」歌っているような感覚でもあるのかもしれない……「イー」

モンゴル語の参考書には〝バヤルタイ〟と書いてあったが、付属のCDを何度もきいていると、たしかにこのような発音にきこえなくもなかった……

「イー……」

プロテストソングのようにもまた感じられるようになってくると、〝イ〟からもだんだん離れていくようにひびいてくる……

「ウー」

という同じ母音でもとくに〝ン〟に近いような音になっていく……

「ウーンー」

という音に導かれながら、奥の非常階段から下りていく。

「ンー」エレベーターのタイミングがちょうど合っていなかったのである。「ンー」

貴重な平地のような踊り場の壁には〝６Ｆ〟という言葉が刻まれている……

「ンー」という音にまで下がっていった頃には、階段も下りきっていて、玄関の受付も通りすぎていく……「ンー」

一応わたしの方は受付の人たちに対して会釈だけして進んでいく……

「ンー」どうやらこの人たちも気づいていないようである……「ンー」という音に導かれながらさらに逃げ進んでいくと、建物の外に出たということもあるのかもしれない。

「ンー」

揺れは大分おさまっているように感じる……震度で言ったら、一を切っているかもしれない……

「ンー」

○・五というような区切りがあるのかどうかを考えている内に、足の方も独立しているかのように、どんどん逃げ進んでいっている……

「ンー」

陸橋をこえて、地下道をこえて、公園をななめにこえていく……

「ンー」

止まるつもりはないのだろう……

「ンー」

自宅とは逆の方角に進み続けているようにも感じるけれど、不思議とドキドキはしない。

「ンー」

ドキドキという言葉に多少ドキドキするくらいのことで、まったく見慣れない場所に出たところでも、もうそんなに心拍が起伏を打つことはなくなっている……

「ンー」

緩んでいく方がだんだんと長くなっていっている……

「ンー」

赤信号や人ごみを避けながら進み続けていく……

「ンー」

どこまで迂回していっても、きっと自分の居場所には辿りつくんだろう……という安堵感が生まれてきているのかもしれない。

「ンー」

赤信号を避け続けている内に、信号機そのものがなくなりつつある……

「ンー」

蔦や葛が路肩に入ってくるようになってきている……

「ンー」

と鳴いているのは、もしかしたらこの蔦や葛などの草類であるのかもしれない……

……ンー

この草自身も這い進んでいっているようでもある……

……ンー

道の狭さより、草の広さの方が目につくようになってきている……

ンー

先ほど過ぎた公園の草より多くなってきている……

ンー

地面には草しか見えなくなっていく……

ンー

もはや草というような量ではない……

ンー

草原だ。

## 2

ンーンーンー……という音がどんどんはっきりとしてくるにつれて、草原の方もさらに先に這い進んでいくようである。わたしも一緒に進んでいくようになっている……ンー……という音に付いていくように進んでいくと、このもはや蔦か葛か何なのかよく種別のわからなくなっている草の原自体が、やはり何かの生物のようにも感じられてくる……何かの生物の体毛のようにまで感じられてくると、巨大な生物の体の上を進んでいるような感覚もおぼえはじめてくる……腹の方なのか背中の方なのかはよくわからないけれど、ンー……という音とともに非常に重心のしっかりとした生物であるようだ。この草の原の上に乗って進んでいると、空も空のようにはだんだんと見えなくなってくる……完全なる青のようにはだんだんと見えなくなってくる……そもそも空は完全な青だったのか？　というような自問も生まれてきているけれど、今はもうどうでもいい……わざわざそんなことは考えることも思うこともなく、ただただ進み続けていると、だんだんと地平線もあいまいになってくる。そのまま這い進んでいって、空にまで進んでいっているのかもしれない。完全なる緑のようには感じられないけれど、そもそも草が完全なる緑だったことなんてあるのか？

ンー

もちろんわたしはその自問も無視しながら、進んでいく……

ンー

言葉自体からもだんだんと遠ざかっていっているようでもある……

ンー

言葉で表すことのできないような光景がひろがっていっている中にあって

ンー

という音がやっぱり一番はっきりときこえてきているままだけれど、〝一番〟という概念が生じた時点で、二番、三番……が自然と誕生していたのだった。

ンー

という音の後に——あるいは重なっているように、他の音もきこえるようになってきているのである。

モー

ときこえる。

モー

徐々に音が近づいてくるにつれて、母音の方が強くなってきこえるようになってくる……

モォー

母音からさらに先にまでのびていくような悠然とした音である……

オー

きっと体つきの方も悠然としているんだろう……と何となく思った頃には、すでにその姿が遠くから見えはじめていた。

オー

見えはじめていたから、そのように思ったのかもしれない……

ウー

四本の足でのそのそと這い進んでいる。

ウー

ほとんど口は開けていない……

ウー……

ウシのように見えるけれど、違うかもしれない……と思った時には、またべつの音がきこえてきている……

メー

ときこえるけれども、徐々に近づいてきこえてくるにつれて、やはりこの動物の声も母音の方が強くなっていく。

メェー

結局同じ兄弟姉妹のようにも感じられてきたところで、姿もようやく見えてくる。

メェー

やっぱりそう大差はないように思う。四本の足でのそのそと這い進んできている。ヒツジのようにも見えるけれど、結局は名前の問題でしかないのかもしれない……

エー

ンーと同じようにもきこえてきたところで、またべつの音がきこえだしているけれど、これも結局は同じ動物なんだろう……

ワー

ときこえるけれど、やはり母音の方が強くなってきこえてきたところで、のそのそと同じように姿の方が現われてくる……

ワァー

ヤギのように見えるけれど、結局は同じ動物なんだろうと思っていると、再びまたべつの音がきこえてくる……

サー

どうせ同じなんだろう……

サー

ときこえてくるけれども、だんだんと母音の方が強くなってくる。

サァー

や

スァー

ときこえるようになっている。

ヤクのようにも見えているけれど、おそらくこれも同じ動物なんだろう……

ンー……

というように口を閉じていった音の後にも、また新たな音がきこえるようになってきているけれども、どうせ同じ動物なんだろう……

ンー……

それでも何の動物に似ているかということすら例えられないような動物である……

クィー

と鳴いているようである……

クィー

と最初から母音の方を強めて鳴いている……

クィー

もちろん四本の足で這い進んでいる動物であり、重心ももちろん安定しているようだけれど……

クィー

他の動物たちに比べると、若干前のめりになっているように見えなくもない……

クィー

まだ生まれたばかりのような動物なのかもしれない……

クィー

最初から母音を強めて鳴いていることからして、母親を呼び続けているようでもある……

クィーイーウー……

と続いていく余韻をもつ音である……

ンー

が母親なのかもしれない……

ンーウーイークィー……

声のボリューム自体も弱々しく、他の動物たちに比べるとまだまだ足どりも安定していない……

クィー

しばしば足どりがよろめいてバランスを崩したりもしている……

クィー

やっぱりまだ震度も完全なるゼロにはなっていないんだろう……緩んでは締めつけて、緩んでは締めつけて、緩んでは……というリズムに一匹だけ乗れなくなっているようであり

クィー

今にも転んでしまいそうでもある……

クィー

何の力にもわたしはなれないかもしれない……

クィー

それでもしばらくこの動物にわたしは少し離れた位置からでも寄り添ってあげたいように思いはじめていたところで

クィー
とうとう転んでしまった……
クィーイー
頭から転んでしまい
イーウー……
と叫んでいるようだけれど、わたしにはやはりどうすることもできない……
ウー
声をかけてやることももうできないし、このように手もふさがってしまっている……
ウー
もとからそこにあったのだろうか？　それとも転んだ頭の重みによって開いてしまったのだろうか？
ウー
ひび割れていった地面からクィはそのまま落ちていってしまう。
ウー
そのまま頭から落ちていっている間も、悲鳴をあげ続けている……

ウーウーンーンーンーンーンーンー……

post card

恐れ入りますが、切手をお貼りください

810-0041

福岡市中央区大名2-8-18
天神パークビル501

# 書肆侃侃房 行

フリガナ
お名前　　男・女　年齢　　歳

ご住所　〒

TEL(　　　)　　ご職業

e-mail：

※新刊・イベント情報などお届けすることがあります。　不要な場合は、チェックをお願いします→□
著者や翻訳者に連絡先をお伝えすることがあります。　不可の場合は、チェックをお願いします→□

□**注文申込書**　このはがきでご注文いただいた方は、**送料をサービス**させていただきます。
※本の代金のお支払いは、本の到着後１週間以内にお願いします。

| | |
|---|---|
| 本のタイトル | 冊 |
| 本のタイトル | 冊 |
| 本のタイトル | 冊 |

愛読者カード

□本書のタイトル

□購入された書店

□本書をお知りになったきっかけ

□ご感想や著者へのメッセージなどご自由にお書きください

※お客様の声をHPや広告などに匿名で掲載させていただくことがありますので、ご了承ください。

◀こちらから感想を送ることが可能です。

書肆侃侃房　http://www.kankanbou.com　info@kankanbou.com

おかげさまで
20周年！

# 書肆侃侃房
Shoshikankanbou

## ベルクソン思想の現在

檜垣立哉、平井靖史、平賀裕貴、藤田尚志、米田翼

本体1,800円＋税　978-4-86385-556-4

**伝説の連続トークイベント、ついに書籍化！**

**哲学者アンリ・ベルクソンの主要4著作を読み解く白熱の徹底討議。20世紀の生の思考がいままさに炸裂する。未来への可能性に満ちた、まったく新しいベルクソン入門誕生！**

『時間と自由』『物質と記憶』『創造的進化』『道徳と宗教の二源泉』、ベルクソンの主要4著作を徹底的に読み解いていく。加えて、著者全員が参加した座談会「これからのベルクソンをめぐって」も収録。ここから先の道しるべにもなるブックガイドも付した

## 花と夜盗　　小津夜景

本体1,900円＋税　978-4-86385-552

現世《うつしよ》のカオスにひそむ言葉の華麗な万華《ミクロコス》
──谷川俊太郎

英娘鏖　はなさいてみのらぬむすめみなごろ

『いつかたこぶねになる日』などエッセイでも活躍する俳人・小津夜景。
田中裕明賞を受賞した『フラワーズ・カフー』に続く6年ぶりの第二句集。

## ふんっする生理　経血トレーニングで変わるあなたの生理

松原もとこ

本体1,300円＋税　978-4-86385-553-3

**やることはひとつだけ！**
**経血をトイレで出す新習慣「経血トレーニング」を始めよう**

ちょっとしたきっかけで、ちょっとしたことを始めたら、私の生理はどんどん楽に。
・生理がほぼ3日で終わるように　・夜の経血量が減った　・ナプキンの使用量が激減　この本では私の生理を楽にした「ちょっとしたこと」を大公開！
一緒に生理が変わる楽しさを体験しませんか？

## 星座を探しに行こう　平井正則

本体1,400円＋税　978-4-86385-555-7

**星座を見るのが楽しくなる！**

**星座線が書き込める季節の星座案内を活用。3ステップで勉強できる実用的案内書。この本を持って、星座を探しにいこう！**

季節の星座案内／星座物語／天文学メモ／雨の日の天文学　etc.
前の「宇宙」を見に、夜空を見上げ、手を広げて、夜空の星を確かめ、思い、楽しむ。そして、確かな宇宙のほんの一部をともに考え直し、感じてみましょう。超大な、悠久な宇宙への接し方のひとつを読者と考え、提案したいと思います。

## 文学ムック　ことばと　vol.6

本体1,700円＋税　978-4-86385-548-9

**特集　ことばと戦争**

**巻頭表現**　谷川俊太郎　**インタビュー**　高橋源一郎　**小説**　北野勇作
高山羽根子　早助よう子　吉村萬壱　**評論**　小峰ひずみ　水上文
**創作**　小山田浩子　仙田学
**翻訳**　ロシア——戦争に反対する詩人たち　解説・訳　高柳聡子

**第4回ことばと新人賞**　受賞　福田節郎　佳作　井口可奈
選考座談会　江國香織　滝口悠生　豊﨑由美　山下澄人　佐々木敦

## 月面文字翻刻一例　川野芽生

体1,700円＋税　978-4-86385-545-8

**もが探していたのに見つからなかったお話たちが、こうして**
**に育っていたのをみつけたのは、あなた。——円城塔**

65回現代歌人協会賞を受賞した歌集『Lilith』など、そのみずみずしい才能
いま最も注目される歌人・作家、川野芽生。
垢なる花たちのためのユートピア』以前の初期作品を中心に、「ねむらない
川野芽生特集で話題となった「蟲科病院」、書き下ろしの「天屍節」など全
編を収録した待望の初掌編集。

現代歌人シリーズ35
## memorabilia/drift　中島裕介

本体2,100円＋税　978-4-86385-551-9

**誰のものでもない非人称の「メモラビリア」の世界へと誘い込んでいるのだ——菅原百合絵**

**これは短歌なのか、短歌とは何かという、普段なら意識せず済ませてしまうような問いが喚起される——濱松哲朗**

信仰を持たないわれも祈りたくなることがあり手で手に触れる

交差点で見せたバレエの一幕の、ほら弾けそうに見えないか、皆

現代短歌クラシックス10
## 窓、その他　内山晶太

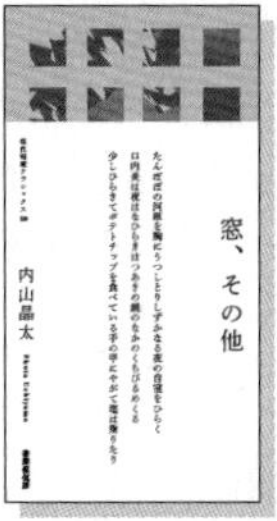


本体1,600円＋税　978-4-86385-557-1

**思い出よ、という感情のふくらみを大切に夜の坂道のぼる**

日々の労働と都市で生きる者の日常。他人からすればどうでもよいかもしれない、ただ、見過ごせないことやもの。静かな内省を基底におきながら、希望と祈りが自然とわきあがる。現代歌人協会賞を受賞した第一歌集、待望の新装版！

たんぽぽの河原を胸にうつしとりしずかなる夜の自室をひらく

口内炎は夜はなひらきはつあきの鏡のなかのくちびるめくる

少しひらきてポテトチップを食べている手の甲にやがて塩は乗りたり

現代短歌クラシックス11
## 緑の祠　五島諭

本体1,500円＋税　978-4-86385-558-8

**海に来れば海の向こうに恋人がいるようにみな海をみている**

「新鋭短歌シリーズ」での初版刊行からちょうど10年。『緑の祠』以後の作品を増補し、五島諭の全短歌作品を集成した一冊。

ミュージックビデオに広い草原が出てきてそこに行きたくなった

物干し竿長い長いと振りながら笑う　すべてはいっときの恋

怪物もきれいなほうがいいなあと夕陽に向かってかざす羽箒

身の丈に合わない品はかなしむに足る身の丈に合わない品は

## 海亀のテント　小池正博

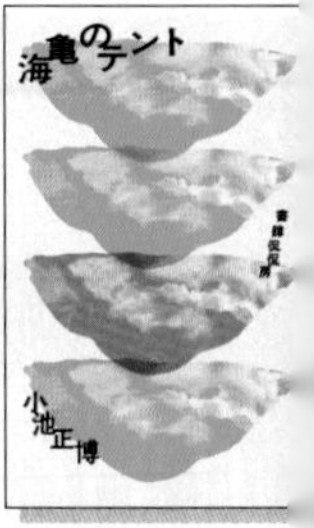


本体1,800円＋税　978-4-86385-554-0

**海亀のテントめざして来てください**

**アンソロジー『はじめまして現代川柳』編者、『水牛の余波』『転校生は蟻まみれ』に続く6年ぶりの川柳句集。**

褒められたときには顔を取り換える

握っても握り返さぬニュータイプ

どうしても緑に染まる鳩と蛇

アバターの睫毛が動く月曜日

蜘蛛降りて少女の肩に網を張る

廃園にひとさじ運ぶ離乳食

と助けを呼ぶように鳴き続けている間に、どれくらいの時間が経っていたのだろう？　時間に糸目をつけずにずっと這い進んでいただけのクィには定かではないようだけれど、自分の体の外からべつの音がきこえてきていることには気づきだしているようである。どこから響いてきているのだろう……実にいろいろな音がきこえてきているようだけれど、一体の身体からすべて出ているようにきこえる……声のトーン自体は同じであるけれど、これまできいてきた音とはまったくべつの音のようにも感じながら、クィはのんびりと目を開ける。

「あ、開いた」おそるおそるといったしぐさでもあり、開いたまぶたそのものも、一つのひび割れのシンボルのようにも感じられているようである。「おーい」

すでに何回も開けているのかもしれないようになれなれしく反応してくるけれども、クィにはもちろんまだ何なのかさっぱりわかっていない。

「んーんー鳴いていないで」とクィの発音をまねしているようである。「そろそろちゃんと言いなさい」

と音をかけてくる動物の他にも、一、二、三匹の動物がとり囲むようにクィの周りにはいるけれども、もしかしたらもう単位は〝匹〟ではないのかもしれない。

「んーんじゃなくて、マーマよ」前二本の足をもちあげて、後ろ二本の足で立っている。クィよりもさらに重心が不安定なように感じる。「マーマ」

発している音自体も前二本の足のように繊細にクィには響いているようである。

「ほら、マーマ」

　どうやら今度はクィに自分たちの発音をまねさせようとしているみたいである。

「……シーンー」

「ちがう」

「……シーンー」

「マーマ。マ・ア・マ」と一音一音をメリハリをつけて区切って、口の形まで一音一音変えている。

「マ・ア・マ、ね」

「……ムァウァムァ」

　と返すのでクィにはやっとである。

「もっと口をちゃんと開けなさい」

　これまでこのようなことはなかったのである。

「……ムァウァムァ」

　これまではほとんどみんな同じような音だったのである。わざわざ細かく分けるようなことはなかったのである。必要がなかったのである。

「……ムァームァ」

　必要がなかった所から落ちてきたクィにとっては、いまいちまだ釈然としないままのようだけれど、周りには自分よりも大きな図体の者たちが立ち上がって、クィをとり囲んでいるのである。

「こっちはパーパ、ジージ」と呼ばれる者たちである。「それからバーバね」

すでに音もろとも捕獲されているのだろうことを観念するように、クィも少しずつ音を寄せていっている。

「……ムァーマァ、プァーパァ、ズィージィ」

「そうそう、だんだん近くなってきた」

「プァーパ」

「パとバも違うからね」

「ブァーバ」

「すごいすごい、さすがあたしの子供。なんちゃって」

何だろう、この生物は……

「ちゃんと覚えて、立派な人になりなさい」

どうやらこの生物のことは〝人〟と呼ぶそうで、この精密な音のことも呼び名がちゃんとあるようであることを、クィも少しずつ理解するようになってくる。

「ちゃんといっぱい言葉を覚えて」〝言葉〟と呼ぶそうである……「もっといっぱい言葉を覚えて」とその言葉をかけ続けながら、クィの前二本の足ももってくる。まだまさしく足のように太くて短い足をとって、音をそうしていったのと同じように――自分たちと同じように二本の後ろ足だけで立たせようともしてくる。

「……ンー」

とさらに体がぐらついて悲鳴を再びあげてしまうも、また再度正される。

「ンーじゃないって言ってるでしょ」と言ってから、この二本の足のこともべつの名前で呼んでくる。

「ほら、手ぇ放すからね」
「ほら、目はこっち見て」
「頭は上」
「首ものばして」
「足で一歩一歩……イッチ、ニ、サン、シッ、アンヨが」
「ジョーズ、ジョーズ、ジョーズ……あぁ、ほら、もっと手でバランスとって、痛くない痛くない、鳴かない鳴かない」

　ンーンー鳴く声も徐々にエーンエーンになっていっているクィには、自分の体そのものもすでに言葉のように一つ一つにバラされている……

「……うん」

　と〝言っている〟のは自分の口であり、あぁ保育園行くのヤだなーと〝思っている〟のは心である。

「……ヤだ」

　とマーマに言いながらも、どうやって休もうか……と〝考えている〟のは頭である。

「何考えてるのよ？」

〈いや〉とわざわざ〝書いてみせる〟ことまでしたのは手である。

「何をいやいや言ったり書いたりまでしてんのよ」

　という他からの言葉を〝きく〟のは耳である。

「ちゃんと行くからね」

　それでも最初からこの〝きく〟という言葉自体は、何故だろう……耳にも目にも頭にも心にも、それから手にもあまりしたくないということは、何となくだけれども感じていたのである……「……行きたくない」どこの部分ももたずに体全体で〝感じていた〟のである……「……行きたくないって」

もちろん口にもあまりしたくない理由がようやく自分の中で腑に落ちたのは小学校に入ってからだった。何故それまで腑に落ちないままだったのかはわからない。

「……行きたくない」声が高いということや、相手の耳の方もまだ言葉を分ける働きが弱いままだったのかもしれない。「……学校もきらい」

「行くたくない？　くらい？」

と返されるのである。

「……行きたくない」クィとしてはこのように言っているつもりである。「……きらい」

それでも相手からはべつの言葉として返ってくる。言葉でもないのかもしれない。

「行くたくない？　くらい？　くらいって？」

「……きらい」

「くらい？　いらい？　くぃらい？」

そんなはずはないとクィは心の中で思い直して、あらためて言ってみようとすると、たしかに自分の耳にも最初から母音が強すぎるようにきこえた。

「……クィらい」〝ン〟から生まれてきた音のままのようでもある……「……クィらいだって」

何回言い直してみても舌の上にうまく乗れていない感覚がある……

「……クィらい」何回言い直してみても同じである。「……行クィたくない」

クィはきが言えないのである。

## 3

正確には舌と片頬との間から空気のようにそのまま抜けていくような感覚がクィにとっては合っていたのだけれど、このようなやりとりをくり返している内に、だんだんと感覚が変わっていったようである。

「……クィん曜日」

「いんようび？」

「……クィん曜日だって」

「だからくぃんようびって何？」

「……あるでしょ、木曜日の次に曜日が」

「木曜日の次？」

「……土曜日の前にあるでしょ」

「うん？　木曜日の次で、土曜日の前？」

「……うん、そう」

「何それ、ナゾナゾみたいだね」

「……ナゾナゾじゃなくて」

「じゃなくて？」

「……んーと、あぁ、フライデーのこと」

「フライデー？」

「……うん」

「なんで英語？　英語好きなの？」

「……いや、べつに」

「今度出たらいいじゃん？　英語の弁論大会」

「……いいって」

「推薦してあげるよ」

と本当に推し立てられた壇上でまったく何もしゃべれなくなったこともある……

「何だよ」

「……はい」

「だったら最初から得意がるなよ」

「……え」

「得意がって英語を使うなよ」

このようにズレがズレを呼びこんでいった翌々日に、大きな揺れが起こったのである……

「……得意がってなんかないよ」

テレビで一週間続けて放送されるくらいの揺れであり、この島に落ちてきた時以来の揺れのようでもある……

「推薦した私の方が怒られたんだから！」

あるいはこの揺れによって落ちてきた際のことを、クィは詳細に思い出したのかもしれない。

「それより、さっきからあくって何？」

「……ん？」

「私のことを悪って言ってんの？」

「……ちがうって、あクィだって」自分でもはっきりとはしていないようである……「……クィみのことを悪だなんて言ってないよ」

「ほら」

「……あクィって言ってんだよ」

「やっぱ悪って言ってんじゃないかよ、いい加減にしなさいよ」

言えずに恥ずかしいということもあるのだろうけれど、徐々に家庭でも学校でもきを最初からクィは避けるようになっていく……

「……クィ」

ラジカセで自分の発音を保存するなどして耳にしてみても、たしかにやはりクィなのである。

「……クィ」少しでもきに近づけようと頬や舌の筋肉をさかんに動かして筋肉をつけようとしてみたり、鍛えようとしてみたりしても変わらないようである。「……クィ」

きゃ・きゅ・きょというような音もかなり危ういように自覚しているようだけれど、どうやら小さなや・ゆ・よが落ちるのを何とか踏みとどまらせて支えているようである。

「きゃ・きゅ・きょ?」

どうしたの、突然、あいうえおなんか言いだして?　などと語をつがれるも、一応何とか伝わっているみたいである。

「ぎ?」

〃ぎ〃も同じように濁点が何とか舌の上で踏みとどまらせているようである。

「今度はどうしたの?」

きと同じように母音が〃い〃の音は全般片頬との溝の方に引っぱられがちだけれども、実際に相手に伝わらないのは純粋なきだけである。

「く?」や「い?」や「くぃ?」

と返されることが多い。舌や片方のほっぺただけが生まれつき動かないんじゃない?　マヒだっけ?　そんなのを起こしているんじゃないか?　と思いはじめたのは小学校中学年くらいからで、先生、わたし、舌とそのへんがマヒしてたりしませんか?　と実際にたずねてみたのは中学校の最終学年になってからのことである。

「……どうでしょうか?」口に出すのも恥ずかしかったということもあるようである。「……動クィづらい」

とも言いかけたところで相手が不審そうな表情をうかべてくる。これは意味が伝わっていない時の顔だ……眉と眉の間にひびが生じているので、動きづらいという言葉を言い換えることにした。心と頭の中で他の似た言葉を探すも、あまり時間をかけるとそれ自体がズレとなりかねない、ここでは……

「……動かないんです」

と結局言い換えることにした。

「動かない？」

動きづらいと動かないには程度に相当な差が横たわっているけれども、しょうがない。この短時間で他の言葉を思いつけなかったのだ。

「マヒ？　あれ？」それでもどうやらそもそも別のことですでにズレているように受けとられていたようだ。「今日はカゼってことで来たんじゃなかった？」

〝先生〟というのはもちろんそのまま学校の教師を意味するのではない。

「……はい」三十七度一分の微熱を訴えて受診したついでを装ってたずねてみたのである。「……はい」

とりあえず返事や相づちだけでも打っておけば会話のリズムからは遅れずにすむ……といった教訓をすでにクィは学んでいた。学校や家庭の誰かが教えたというわけでもないのかもしれない……

「……はい」

ここにいるだけで自然と生存本能のように学びとったものなのかもしれない……というような言葉を、もちろん一言一句このままではないのだろうけれど思っているような恬淡とした表情をうかべたまま、はい、はい、返しながら言われる通りに頬や口元を動かしている。

「……はい」これだけ頬や口元を崩しているのに、〝はい〟だけは的確に言えてしまう。「……はい」き以外はすべて言えるということになっているのだろう……

「……はい……終わりですか？」

レントゲンやCTといった実際に受けたことはこれまで一、二度しかない装置も使って調べてもらえるのかと思いきや
「うん、終わり」原始的に感じるこれだけの検査であっけなく終わる。「整形外科にぼく昔いたから」

いたから何なんだろうと思った時には、流暢に見立てをのべてくる。

「顔面神経とかのマヒを起こしているような人だと、まずこの顎を動かしたり、目をパチパチしたりすることができないから。しっかりまぶたも開いているし、口角もしっかりと動いている。舌もね」

じゃあカゼ薬だけ出しておくねと言われて、クィは医院の外に出されるように出ていく。インフルエンザなんかじゃなくて単なるカゼと言うかちょっとした発熱で薬飲まなくてもすぐに下がっちゃうかもね何か嫌なことでもあったんじゃないの？　学校が嫌とか……というような冷やかしもとくに嫌には感じない。文字通り実際に熱を下げる効果があるんじゃないかくらいにクィも思っているようだけれど、ここで今思い返してみても、その後の医師の言葉の方が嫌で、嫌に感じたから今歩きながら思い起こした前半の言葉の方がマシに感じたのかもしれない。

「セキも出ていないし」意味としては何てことはない。「このまま学校に行っても全然平気だよ」

たしかに学校は頻繁に休んでいて、これ以上休むと卒業できなくなるかもしれないという言葉を正真正銘の〝先生〟から脅しのように言われているので、このまま午後からでも出席しようとクィは思っている……

「……あぁ、えーと……」もしかしたら心の中では出席とは思っていないのかもしれない。〝参加〟や〝登校〟などと心で思い換えているかもしれない……「……病院に行っていたので」

実際は病院というほど大きい箱ではない平屋の医院だったけれど、この程度のズレは大したほどではない。

「……はい」

何かの形をとって自分にはね返ってきたとしても、そう大したものにはならないだろう……

「……遅れてクィ……」

こっちのズレの方がやはり大きくなるだろうとクィは思っているように、目を高速でしばたたいて、他の言葉をさがしている。

「……遅れて」すでにこのように言い換えていくことが常態化しているのである。「……まいりました」

「遅れてまいりました？」

「……あぁ、えぇ、はい」

「ずいぶん腰の低い言い方ですね」

病院に行った後なんだからそんなにかしこまることなんてないですよ、さぁ席に着いて……とやさしい口調で手をさしのべてくるけれども、クィにはけっしてやさしくは感じられずにいるみたいである。

「では授業再開しますね、木村さん続けて読んでください」

「はい」

「一四三ページの六行目からですね」

どうやら音読の時間にあたってしまったようである。来なければよかった……とマーマやバーバが日中もいる自宅に戻っていた方がまだマシに感じているようであるクィは、歯で舌を甘嚙みして少しでも刺激を与えながら、いそいでページを繰った。

「三篇目の詩ですね」

「……はい」

一四三ページをざっと斜めに読んでから、一四四ページの方もいそいで黙読して先回りしておく。

「圧倒的な存在感　絶対的な存在感　国民的そんざー」

と読みあげている前の前の席の卓也クンと大して仲が良くもないのに下の名前で呼び続けているクラスメイトの木村が音読をしている間に、自分がこの後読みあげなければいけないのだろう文章をクィは黙読している。

「葦　葦　葦」

きがないかをあらかじめ確認しておいているのである。

「ニールセン型橋　吊り橋　桁橋　の下にーい」

「はいそこまで、では次」

「はい」

奇妙な内容の詩をクラスメイトが読みあげ続けているけれど、クィにとって内容なんてどうでもいい。

「JOY　JOY　JOY　JOY　葦　葦　葦　葦……」

このままだとおそらく自分が読みあげることになるきをどのように回避するか……ということにすべてのエネルギーとイマジネーションを注いでいるのである。普段は咳払いを唐突にきの所でしてごまかすことが多いのだけれど、今日は〝病院〞帰りということもあり、伝染ってしまうように嫌がられる可能性が高い……

「はい次」

とうとうクィの番になる。

「四篇目ですね」

ちょうど一篇の詩が終わり、次の詩に入ることになるわけだけれど、クィにとっては単に誰かの手によって書かれた言葉でしかない。

「……はい」とあえて返事をした語尾の〝い〞を飛び箱の板のようにして詩のタイトルの一文字目を飛ぶ。「いっ途」

四十人クラスの中で、くくく、と何人かが音を発する。音ではなく笑い声という意味がここではもたらされている。

「……言葉なんかおぼえるんじゃなかった」ときのない部分を読み上げながらも、読み上げている内容はクィの頭の中には入ってきていないようである。これから来るきのことしか考えておらず、自分の舌という体の中でとくに細くて小さい部位が今の自分には世界のすべてのように感じられているようである。「……言葉のない世界」

この舌のような島がすべてである……ここに落ちてきてしまったのである。

「……意味が意味にならない世界に……」

とうとう来る。

「……生《い》ぃ」と少しフシもつけるようにのばして、きをこえて、向こう岸の〝て〞に架け渡していく。

「……ぃてたら、どんなによかったか」

クィ本人としてはまずまずの出来のように感じられ、はい、ありがとう、と先生もここまでのクラスメイトの時にはなかったと思う礼をわざわざ一言のべ、次のクラスメイトに代わっていく。

「くくく」

という声がきこえた後になって、クィはようやく自分が音読した文章が詩であることを知り、意味らしい意味を知って少しはっとすることはあっても、やっぱりきのある詩なのであまり好きにはなれなかった……

「くくく」

たぶんこの作者もわざわざこんな言葉は書きたくなかったのだろう……少なくとも言葉を用いてこのような詩を書きたくなかったんだろう……というようなことをクィは思うようになっているようである。

「くくく」

自分のように言えない言葉があったのかはわからないけれども、と前置きのように思いながらも、書かざるをえなかったんだろう……と、クィは臆断するようにまでなっている。

「くくく」

書くことでしか自由になれなかったのだろう。

「くくく」

書くことでしか揺れやズレから逃れることができなかったのだろう……

「くくく」

言ってしまっていたら、ズレてしまう……口を開けてしまったら……

「くくく」というのはもちろん笑い声だけの意味をもっているわけではない。「くくく？」と、クィのきをまねる時にも使い回すことのできるものではある。やっぱり言葉ってすごい。

「く、って？」

言葉がズレてズレてズレてズレてズレまくった日の翌日や翌週、はたまた翌月や翌年には、揺れとなってはね返ってくることだってあるのである。

「何だよ、それ？」

揺れて、ひびが生じたり、溝になったりもする。

「全然意味わかんねぇよ」

よく耳にすることのある言葉でもあるけれど、やっぱり言葉の力ってすごいな、うん、すごい、すごい……

「は？」

すごい、すごい、すごい……

「もう一回言ってみろよ、く、って」

クィはもうこれ以上落ちていかないようには日々つとめているつもりである。

# 4

この島で今後どのように生き続けていけばというようなことは保留にしながら、とりあえず生きてきている。何もまだ判断はしていないように思いながらも、時間の一刻一刻にはきちんと乗っていこうと思っているようである。高校生を乗り越え、短大生を乗り越え、社会人になる。社会人と言っても社会というような大仰らしいものに率先して関わっていく心持ちはもっていない。〝人〟であり続けているだけで十分すぎるくらい社会と関わっているようにも感じているので、なるべくなら業務を通じてまで関わりたくない。それでもマーマやパーパ達にいつまでも居候させ続けてもらうわけにもいかない。エサではない食事を与えられ続けていくわけにもいかない。与え返すあてなどないのだから、せめて自分一人だけでも食べていけるくらいの仕事をクィはしている。もちろんできる仕事は限られている。

「……おはようございます」

と会社の人間に挨拶することすらびくびくしているクィには、会社外の人たちと交渉・交流する営業のようなことはできない。電話番もできそうにないので、電話番もなさそうな事務系の求人を見て応募し、筆記試験の方で何とか点数を稼いで合格した……と、クィは思っている。

「……おつかれさまでした」

いわゆるデータのパソコン入力しかないような仕事で、朝から夜まで一日中黙々と数字を打ち続けるだけのことが多い。

「…………」

黙々というのがまたクィにとってはたまらず、なおかつ数字というのもクィにとっては数学という教科は苦手ではあったものの嫌いではないようである。

「……一、二、三……」とたまにその数字をかぞえてみたって、その響きは悪くない。当り前である。

「……四、五、六……」

数字には一つもきがないのだから……

「……七、八、九……」

強いて言って〝九《きゅう》〟があるくらいだけれど〝きゅ〟はとくに伝わらないことがないクィにとっては天職のようなものかもしれないとクィ自身自覚しだしたところで、正社員登用の話がもちあがってくる……

「……そうですか」これまでは準社員という扱いだったのである。「……一年ごとの契約更新じゃなくなって、ボーナスも出るようになるんですか……」

とちょっとは悩みながらも、きが出ないように言葉を慎重に選び続けることの方が頭を支配し続けているようである。こんな煩わしいことを生まれ落ちてこのかた無給でやり続けているので、今さら給与面でどうこうということをクィは望んでいない。

「……おクィ……すいません、お心添えは有難いのですが……」

結局クィは登用の話を断ったのである。待遇が良くなったところで、電話番や社内での各課を取りつなぐような連絡係めいたこともやらなくてはいけなくなるようであることを、クィは事前に説明をうけていた。

「……すいません」

　もともと会社としては一日中パソコンに入力するほどのデータを集められなくなりつつある中での人員削減策の一つだったようで、クィと数名の準社員たちはこの年度で契約が打ち切られてしまう。

「……どうもお世話になりました」クィとしても人並みにいろいろと不満はあったようだけれど、これ以上の言葉は吐かないことにしている。「……はい」

　もちろんサバサバした性格というような理由からではない。

「……では」

　なるべく無駄な言葉は吐かないまま、会社を出ていった後の足どりにも無駄はない。なかなかこういう業務だけの仕事もないように思うので、これからはもっと条件が悪くなるかもしれない。とりあえずここで生活し続けていくしかないことは何も判断していなくても確かなことのように思っているようで、その場しのぎのようなアルバイトでもしながら、より重心が安定する仕事を探し続けるしかないんだろう……なかなか一回じゃ見つからないだろうな……とはじめから諦めているような気分のまま、自宅をそのまま通りすぎていく。

「……ふぅ」べつに自宅のアパートの場所をショックのあまり忘れていたわけではないだろう……

「いらっしゃいませッ」

　という快活とした声をかけて売る気マンマンのような大型書店が自宅の先にあるのである。

「……あぁどうも」

　と一応声をかけ返してから、店内の奥の方に入っていく。求人はこんなに奥の方だったかな……と少し迷ってしまい、店員にきいてみようかな……という心の中のきが引っかかって、きこうという思いもすぐに失せたようである。

「……一人で探そ」

もしかしたらじっくりと調べられるようにもっと奥に置いてあるのかもな……とも思い直したようで、もう少し奥の方に入っていってみる……

「……旅行」

とつい口に出てしまうようなコーナーがある。

「……旅行か」

現実からの逃避行を思いうかべながら、その文字通り半弧を描いているコーナーの翳りの先に進んでいくと〝国内〟から〝海外〟へと移る。

「……海外」

さらにその隣には〝海外旅行〟に関連した〝外国語〟のコーナーもある。

「……外国語」

とやはりつい口に出てしまう。

「……外国語かぁ」

自宅のその先に何かを見出そうとしているようでもある……

「……そうかぁ」思いついたことでもあるんだろう。「……あったかぁ」

という口調からして、ついでにこのまま海外にでも行ってみようかとでも思っているようである。

「……その手が」この舌のような形をした島国から、外に……「……あったぁ」

毎月食いつないでいくくらいしか給料をもらっていなかったので、経済的な余裕はそうそうないはずだけれど、海外旅行に行く時間的余裕の方はここでたしかにできてはいる……

「……ない所も……」

〝旅行〟の方ではなく、クィは〝外国語〟の方を先に見はじめている。

「……あるのかもしれないなぁ」

棚の中段の一番手にとりやすい場所にまとめて入っている英語の参考書をぱらぱらとめくりだしている。

「……やっぱあるか……」

とつぶやきながら、ｃｈｉｃｋｅｎ、ｋｉｔｃｈｅｎ、ｋｉｃｋといった単語を目にしていく。

「……あぁ、ｋｉｓｓ《ケーアイエスエス》もそうか」とアルファベットのまま何かの秘密結社のように読みあげてから、ため息を一つ吐く。「……そうだよな」

英語の参考書をゆっくりと棚に戻していく。

「……あるよな」あらかじめ知っていたことではある。「……よし」

吐いたと同じか、それ以上の量の息を今度は吸いこんで、ここからが勝負と言わんばかりに腕まくりしている。

「……棚の順番に行くか」

外国語としてメジャーな順に並んでいるのか？　あるいは大陸や地域順に並んでいるのか？　といった陳列のことも口にしたりしながら……

「……次はここにしよう」ドイツ語の本を今度はとっている。「……やっぱあるか」

この国におけるところの五十音表のようなものにだけ、とりあえず目を通しているようである。

「……次はフランス語か」

読んでいくというより、見ていくという方に近そうである。

「……やっぱあるか」

とつぶやいて再びため息をつくも、その量と同じか、それ以上の量の息を再び吸っていく。

「……次いこ」

イタリア語、スペイン語、ポルトガル語……という順に目を通していっている……

「……やっぱあるか」と依然として主語の方は省略しながら、左から右に棚を進んでいく。「……あるよな、やっぱ」

下に進んでから、上の棚に進んでいく。

「……ないことなんてありえないよな……」

オランダ語、ヒンディー語、インドネシア語、ロシア語……

「……メクィシコ」

というように国名の時点でアウトである国もある。

「……クィルギスって、ははは……国の名前からしてあるじゃん」というように、いつもより多めに口から言葉が漏れでていっているみたいである。「……やっぱあるにクィまってる」

自分でも自覚していないのかもしれない。

「……うん」

外国語ばかりを目にし続けて、少しさみしくなりだしているのかもしれない。

「……ありえないよね」

と自身の独り言に自分で相づちを打ったりもしながら、クィはなおも進んでいっている……

「……うん」

誰かの返事を待っているようでもある……

「……うん」

もちろんわたしの方から言葉や声を返してやることはできない……

「……うん」

タイ語、マレーシア語、カンボジア語……という語学の参考書をめくっていっているクィを、少し離れたこの位置から見つめ続けているだけである……

「……ビルマ語」

見つめて、このようにただ書き続けているだけである……

「……ビルマってどこだっけ？」

という質問を、まぁいいか……と独りで引きとりながら、さらに進んでいくようにめくっていっている……

「……なんか全然クィいたことない言葉ばっかだぞ……」独りで言っている時ぐらいは本人にとって音のようなものなのかもしれない……「……ウルドゥー語」

というように音の響きとしては申し分ないような名前の言語にも、やはりあるようである。

「……あるよな、やっぱ」

上の棚にあるので、一回一回手をのばしていっている……

「……やっぱ」そのたびに棚に対して平行に這い進んでいくような姿勢になっていっている……

「……あるかぁー」

外国語の名称なのかももはやよくわからないような本を、手か足かもわからないような所作でめくっていっている……

「……タガログ語？」

たぶんあるんだろうな……という可能性を示す副詞を〝たぶん〟から〝おそらく〟、〝十中八九〟へと変えていきながら——〝きっと〟はまたぎながら、もはやめくるのも面倒になってきているのかもしれない……

「……〝絶対〟あるんだろうし……」

それでも今は時間的余裕はあるのである……

「……タミル語」

進んでいける所まで進んでいっている……

「……ゾンカ語……ん？」と意識の方も疲れてきているんだろう。「……何のにおい？」と自分の嗅覚の方に意識を引っぱられだしてもいるようである……

「……なんかくさくない？」

たしかに饐えたにおいがしてきている。

「……何？　汗？」

あるいは、普段開かれていない紙のにおいかもしれない。

「……くさい」

くさいね、たしかに……とわたしはここでのみ返したりしている……

「……くさ」

うん、くさ……

「……く」

く

「……く」

く……ともちろんまったく会話にはなっていない……

「……く」

く

「……く……」とだんだんと狭まっていく道のりのように言葉自体もだんだんと収まっていき、最後は〝く〟の一語しかクィの方は出なくなっていっている……「……く……」

もはや地球の最果てにまで達してしまっているのかもしれない……

「……く……」

前方には道がまったくなくなっていくようにもクィには感じられだしているようである。

「……く……」

体のどこで感じられだしているのかはわかっていないようだけれど、参考書の冊数は実際に残り少なくなってきている……

「……く……」

〝く〟という一語すらまともに出なくなってきている……

「……くぅ」

喉の渇きもおぼえはじめている……

「……くぅ」

においも自分の体から出ていった汗によるもののように感じられだしているようである……

「……くぅ」と母音ばかりがのびていった音の後に「……くぃ」というような音もひびいてくる。

「くぅ？　くぃ？」

どっちでもいいように感じられだしたところで、この道の狭さよりもそれ以外の方がだんだんと広くなってくる……

「……くぃ」

この道のなくなっていく光景自体が、一つの光景のようにクィには見えるようになってきているようである……

「……草」もはや草どころではない……「……ん」

すでにどこかで見たことがあるような光景であり……

「……草原」

言い回しだ。

「……草原だ」

そのようなイラストが描かれている表紙をドアのように開いて、さらにその先に進んでいく……

「……あぁ」やはり〝ある〟ようである。「……やっぱり」

それでもこの外国語に関してははなから外国語とは感じていない印象をうけているようで
「……なになに」ページの上からなかなか離れようとしない……「……この国の言語の特徴は……」

読みあげるまでして、ページにしがみつき続けている……

「……母音の調和がある言語で……ん？」

読みあげている途中に声がもちあがったとしても、しだいにのびていって重心が下がっていく……

「んー」

概要の文章によると、どうやらきという音はこの国にも〝ある〟ようではあるけれども、使われることは少〝ない〟そうである。

「んー」

たとえばピロシキやキノー（映画）、バンキ（銀行）といった国の外から入ってきた事物に対してしか使われない。

「……ない」つまり使う必要は〝ない〟と判断したようで、クィはそのまま語尾をのばしていく……

「……いー」

口の方も閉じていく……

「……いー……うー……」

ピロシキなんか食べなくて全然いいし、キノーも観なくていいから、バンキも使う必要はない……

「……うー……んー……」

風景の一部のようにも溶けこんでいるこの国の名前も音のように読みあげていく……

「……モォーンゥー」最初からあまり口を開けなくてすむような音ではある……「……グォールゥーーウーー……」

このモンゴルという国そのものが故郷というわけではないのだろうけれど、モンゴルの辺境のさらに先に自分が帰っていくべき土地がひろがっているように感じだしているようである……ンー……という音にまでのびていったこの〝モンゴル〟ゥーウーンー語の参考書と、全般的な情報が載せてあるガイドブックを購入する。

「……ンー」

購入した後になってリスニングCDが付録として奥付部分に貼りついていたことを知るも、もうモンゴル語を耳にしているかのように、いろいろな音も混じってくるようになっている……

スゥー

書店に入る前と後では見える風景はまだ大体同じだけれど、耳のきこえの方が大分変わってきているように自覚している……

ムゥー

そのきこえる音によって、見えてくる風景も少しずつ変わってくるくらいのものである……

ツゥー

という足音。

グゥー

という腹の鳴く音。

ブゥー

というおならの音……ここでは自制するようにされてきていて、ずっと鳴りをひそめさせられてきていたような音たちが、今は実によくきこえるようになっている……

フゥー

耳から入っていった音が、体の中の境界をもこえていっている……

スゥー

という表記で合っていないようにも感じる風の音が朝・昼・晩といった境界をもこえていく……

ムゥー

パソコンの中のインターネットの方にも網をかい潜りながら這い進んでいくような気持ちのようである……

ヌゥー

なるべく安くモンゴルに行くことのできる方法を、クィはずっと調べ続けている……なるべく安くモンゴルに住みこむことのできる方法、とワードを換えて検索し直してみると、出てくる出てくる……

ウゥー

なるべく安いというレベルではない……

ウゥー

もはや無料というものも出てくる……

ウゥー

生活費までもらえるという。積立金までもらえるのだという。

ウー

二年間……と書いてある。

ウー

とりあえず二年間住みこんで、そのままモンゴルに住みついてしまおうという計画をクィはもつようになる……

ンー

その〝計画〟のことを〝青写真〟という言葉に置き換えるようになっていったのは、実際に〝写真〟を撮る必要があることを知ったためでもある。

ンー

正装で撮って、書類の右上に貼りつけて、名前から住所から出身地まで書きつける。

ンー

すべて暫定的なもののように思いながら、もう一つ同じような書類もそのままの手つきで作成していく……

ンー

とりあえずここでモンゴルに行くまで食いつないでいくための求人に応募する書類である。

ンー

すぐにはモンゴルには行けなさそうなのである。

ンー

研修をしたり、ビザをとったりもしないといけないみたいである。

ンー

壮行会みたいなこともあるみたいである……

ンー

とりあえず食べていくために始めようと思っているアルバイトの方が合格に自信がないくらいである。

ンー

この制度そのものへの合格ははなから疑っていない……

ンー

強いて言えば、面接試験があることくらいのようだが、ちゃんと筆記試験の方で点数を稼げば問題ないだろう。

ンー

ちゃんと志望理由も記して事前に伝えておけば問題ないだろう。

ンー

だってすべてが平和になっていくはずなのだ。

ンー

わたしも、みなさんも……

ンー

国の公の制度でもあるそうだ……

ンー

わたしのためにある制度なんじゃないかというくらいのようである……

拝啓　このたびは、ご応募をどうもありがとうございました。

また、先日はお忙しい中をご足労いただいて、重ねてお礼申し上げます。

慎重に選考を重ねました結果、まことに残念ながら今回については派遣を見送らせて頂くことになりました。

今回は予想を上回る多数のご応募があり、大変苦慮した上での決定であることを申し添えます。

末筆ではございますが、貴方様の今後のご活躍とご健勝をお祈り申し上げます。

敬具

というように見事にきの抜けている文面だったので、クィもまずは心地良さの方を感じてしまっているようである。小学生・中学生時代からの習性だろう……一字一字をまずは字面だけ読んでいったことで、きのみならず、〝きゃ・きゅ・きょ〟も使われていない。〝ぎ〟も使われていない。ひらがなどころかカタカナ、漢字においてもきと読める字が一字も使われていないことの方に、まずは目が行っていたようである……

「……よし」

とまでつぶやいている。

「……ありがとう、サンキュウ」

とこの国の言葉、英語でとっさにつぶやいてから、モンゴル語でも同じ意味の言葉を続けている……

「……バァーヤァー」

少なくとも踏みとどまっているように受けとっているようである……

「……ルゥーラァーアー」

合格しているようにも受けとっているようである……

「……アー」

というようにやはりいつものように母音をのばし続けている……

「……アー」

分数における分子・分母の位置の関係のように、母音の方が低い位置で安定していて、ぐらつかないという実感がやはりあるのだろう……

「……アー」

その子音たちの内の一音が自分自身であるかのように、クィも一緒に避難し続けていっている……

「……アー……」

母音の中でもさらに最も低い音域で重心が安定している場所に逃げていこうとしている……

「……アー……ウー……」

ほとんど口を開けずにすむ音でもある。

「……ウー……ンー……」

とまったく口を開けずにすむ音にまで逃げていくと……

……ンー

今度は口から体の内側の方へと逃げ進んでくる……

……ンー

という音が付近の鼻や耳や目、さらには頭全体にまでこだましてきている……

……ンー

首を渡り、胴体の方にまで逃げ進んできている頃には、クィの方もようやく意味に捕まりだしているのかもしれない……

……ンー

落選という意味から逃げ進んでいくかのように、さらに下半身の方へとこだましていく……

……ンー

面接の際の最後に感じたぐらつきは、やはり一過性のものではなかったようである……

……ンー

やはり完全には収まってはいなかったようである……

……ンー

なるべくズレにはならないように努めてきたのに……

……ンー

今になってどんどん激しくなってきているようにも感じられているようで、このままでは故郷への道が断たれてしまう……

……ンー

せっかくここまで逃げてきた道のりが途絶えてしまう……

……ンー

故郷に帰れなくなってしまうーうーんー……というようにクィの気持ちがきちんと乗り移っているかのような音が、胸から分岐してわたしの方にまでこだましてきているけれど……

……ンー

わたしにはやはり何にも返してやれない……

……ンー

何をしてやることもできない……

……ンー

何の力にもなることはできない……

……ンー

このように書き続けることしかできないのである……

……ンー

わたしの所にまで逃げ込んできたところで、籠り続けるしかないのである……書き続けているしかないのである……

……ンー

わたしまで口を開けてしまったら、いけない……

……ンー

またズレてしまう……

「……はぁ」音をこだまさせるのを止めて、クィは息を長めに吐きだした。「……はぁ」

〝ため息〟という言葉だろう……

「……はぁ」

わたしに対する失望の表れでもあるのかもしれない……

「……はぁ、ありえない」

……はぁ、ありえない

「……はぁ」

……はぁ

「……ありえない」

……ありえない

「……はぁ」

……はぁ

「……ありえない」

……ありえない……というように〝ありえない〟と〝ため息〟だけを延々とくり返し続けているわけにもいかなくなっているのだろう……

「……はぁ」家賃も光熱費もかかり続けている……「……はぁ」

というため息をもう少し短めにして吐いたりしはじめながら、自宅を出ている……

「……はっ、はっ、はっ」自転車を漕ぎはじめている……「……はっ、はっ」

ハンドルに足のように手を置きながら、進んでいっている……

「……はっ、はっ」

まだ逃げ進み続けているような感覚なのかもしれない。

「……はぁ、はぁ、はぁ」

と急いで漕いでいるせいもあるのか、しだいに一つ一つの音がやはり母音までのびていくようになっていっている……

「……はぁ……どうしよう、これから……」

と〝これから〟のことを案じたりもしはじめている……

「……これから……」

〝これから〟を架け渡すように漕ぎ進めていく……

「……もう試験はいいや」

どうやら再び試験を受けることはすでに頭にはないようである……

「……またあの面接官だろうし……」

気候や食事がきついって言っていたし……と今さらあの面接官の言葉を重く受けとめはじめているようで……

「……すごく寒いみたいだし」ショックを少しでも軽減しようとしているのだろう。「……すごくにおうみたいだし」

ネガティブな情報ばかりを集めようとしている……

「……ゲルってトイレもクィッチンも台所もバスもないみたいだし……」

もしかしたらバンキでお金を下ろしてキノーを観ながらピロシキも食べるかもしれないし……とも思いはじめて、わざわざモンゴルに行かなくてもいいんじゃないか……とまで思いはじめているようである。

「……たとえクィが少なくなったとしても……」心の中ではきなのだろう……「……たとえクィがなくなったとしても……」

すこし間があく。

「……モンゴル語だって……言葉なわけだし……」

もしかしたらまたきとは別に伝わらない音や言葉が生じてくるかもしれない……とまで思い至ったようで

「……はぁ」とクィは今日一番の長さのため息をした。「……はぁ」

すでにさきほどの間のところで自転車を停めて乗り合いのバンに乗り換えていて

「おい」

とクィに声をかけてくる人が出てきている……

「……い」とついでに〝い〟を付け足している……「……はぁい」

正確にはすでに〝う〟の方に若干寄っていっているようである……

「……はぁうぃ」

といった発音のまま返事をしてしまっている……

「おい、もっとすぐに返事しろよな」

と注意されているようだが……

「……はぁうぃ」

注意されているようには感じられていないようである……

「ったく」と語を継がれてもいるようだが、けっして悪いようには感じられていない。「ずっと呼んでたんだぞ」

むしろ心地良いようにも感じてしまっているのは、何故だろう……

「いいか？」

落ちてまだ間もないということもあるのかもしれない……

「おいって」

それでももっときいていたいようにも感じられてくるのは、何故だろう……

「ちゃんときけよな」

相応にきも入っているのに、いったい何故だろう……と疑問に感じながら
「それでよ」という相手の言葉にここで集中してみる……「どうだったんだよ」

耳を傾けたりとかすましたりとかは今さらせずに
「おい」

体全体で感じようとしてみる……

「どうだったんだよぉ」

すでにここで働きはじめて一ヵ月以上たつけれど、辞めたいとまで思ったことはまだないのである。

「前に言ってたろぉ」

モンゴルに行くことになったら、ここも辞めることになるんだろうな……くらいにしかとらえてい

なかったことも思い返しながら、集中し続けていると……

「アレは、アレェ」というようにだんだんと感じられるようになってくる……「受けたんだろぉ」

……ろぉ？

「しぃけん」

……しぃけん？

「……しぃけん」

「しぃけんだよぉ」

「……しぃけん」

ここはクィにも意味として伝わっていないようである……

「……すいません」と一言断ってから、めずらしくきき返してみている。「……しぃけんって、何ですか？」

なるべくきき返すようなことはしたくないクィではあるものの、きき返してみている……

「しぃけんだよ」

「……しぃけん」

「ほら」

「……ええ」

「外国に行くっつぅ」

「……あぁ」

〝外国に行くっつぅ〟が付いたことで案外かんたんに伝わったようである……

「……試験、ですか」

「そうだよぉ、しぃけん」テストや考査といった類義の言葉には言い換えてこないので、むだに言葉もかさばらずにすんでいるようである……「受けたんだろぉ、しぃけん？」

「……ええ」

「しょろしょろ出るんじゃねぇのかぁ？」

〝さ行〟が、しゃ・しぃ・しゅ・しぇ・しょになっているように感じられている……

「しょろしょろだろぉ？」

下唇がハードルのようになっているのだろうか……

「すぃけんの結果がぁ？」

すぁ・すぃ・すぅ・すぇ・すぉのようにも感じられてきたところで、また別の人が声をかけてくる。

「言っていただどぉ」今度は〝ら行〟が、だ・でぃ・どぅ・で・どというように感じられてくる……

「間違いなく合格すどぅってぇ」

舌があまりうまく回っていないように感じられるけれども、先天性なのか後天性なのかはわからない……

「ここはあくまで腰かけで、すぐに辞めどぅって」

「……はぁうぃ」

少なくとも正しい〝五十音〟からはみだしている人ばかりが、ここにはいるようである……

「結果はでぇーだぁったんだぁー？」というようなこのあたり一帯の訛りめいたべらんめえ口調の人も実際にいる……「ぬぁ、うぉい？」

「……ええ」

「どうだったんだぁ？」

「……ええ」

「ぬぁあ」

試験を受けて結果待ちだったことは、この人たちには事前に伝えていたのである。

「……ええ」

「結果はどうだったんだぁ？」

「……はぁうぃ」

「おぅ」

他に伝える人が誰もいないということもあるけれど……

「……えーとぉ」

「おぅ」

「……落ちました」

「落ちたぁ？」

「……はうぃ」

この人たちには伝えてみたかったのだろう……

「……はぁうぃー」

「あ？　はうぃ？」

「……ええ、落ちちゃいましたぁ！」

「あぁ？」

「……はぁうぃー」

声をかけ合ってみたかったのだろう……

「なんだかぁ」

「……ええー」

「受かったみてぇに言うじゃねぇか？」

「……はぁうぃー」

「あぁ？」

まだまだかけ合っていたい……

「……ええー」

「なんだよぉ」

「……はぁうぃー」

「よぉー」

もっともっと声をかけ合っていたい……

「……うぃー」

「すぉーかぁー」

「……はぁうぃー」

「はぁー」

「……うぃー」

年齢は孫とジージ・バーバくらいかけ離れていて、共通の話題などはほとんどないのに……

「じゃあよぉ」

「……はうぃ」

「これかだ」

「……ええ」

「どうすんだぁ？」

すでに定年退職しているような年齢層の人が多くいる仕事である……

「……ええ」

「どうすぅんだよぉ？」

「……はぁ」

「……よぉ」

もしかすると、この人たちの発音には年齢も関係しているのかもしれない……

「……うぃー」

「どうしゅんだぁ？」

「……ええー」

「おめぇ？」口元の筋肉がゆるくなっているだけのようにきこえたりもしてくる。「うぉうぃ」

「……ええー」

「辞めねぇってことくぁ？」

「……えーとぉ」

「くぁ？」

歯が欠けていてうまく発音できていない人もいるようである……

「まだここに居どぅっつうことくぁ？」

「……おー」

「どうなんだぁ？」

「……そのぅ」

「あぁ？」

定年退職していそうな年齢層ではあっても、クィと同じようにもともと正社員としてなど働いた経験のなさそうな人も――偏見かもしれないけれどいて、自分もこれから年齢を重ねていくに従って、彼ら彼女たちと同じようになっていくことがたやすくイメージできている……

「まだ居んのくぁ？」

「……まぁ」

「むぁ？」

「……落ちちゃいましたんでぇ」

「あぁ？」

「……ええ」

以前のデータ入力よりも体全身を使うことが多くなっているけれど……

「あぁ？」

「……ええー」

「ほんとぉ」

「……ええー」

「受かったみてぇに言うじゃねぇかぁ」

　これ以上悪くなっていくことはないように感じられてきている……

「……はぁうぃー」

「合格したぁみてぇにぃ」

「……ええー」

「言うじゃねぇかぁ」

「……まぁ」

「おうぃ」

　このまま年をとっていくだけなのだ……

「……ええー」

「まぁ」

「……はぁうぃー」

「気にすんじゃねぇよ」

「……ええー」

「わかったかぁ？」

「……はぁうぃー」

「人生は山あディィ谷あディィだ」というような人生の先輩面してくるようなことも言ってくるけれど、

〝気〟がきのようにも響いてこないので、そんなに面倒くさくは感じられない……「くぃにすんじゃねぇよ」

　クィと同じような〝クィ〟ではないようではあっても、正しいきからははみ出しているように感じられてくる……

「くぃにしたってしょうがねぇんだから」

「……はい」

「ぬぁ」

「……ええ」

「まぁおめぇはまだ若《わけ》えんだから」

「……はい」

「いっくらでもチャンスはあどぅ」

「……ええ」

「早くここを辞めだでどぅように頑張でよなぁ」というような言葉をかけられても、べつにどうとも思わない……寂しいとすら思わないので、ええ、まあ、と母音寄りに返すだけである。「だからもうくぃにすんじゃねぇよ」

「……ええ」

「もうくぃにすんじゃねぇぞぉ」

　という〝もう〟のあたりもウシの声のようにも感じられている……

「……はうぃ」と再び〝う〟寄りに発音してから、クィは少し間をあけた。「……もう」

これからも緩み続いていくのだろう時間の広大さや悠大さや寛大さからしたら、ひびや溝にもならないような間だろう……

「……もぉー」とウシのようにクィも鳴いてみてから「……クィにしません」

言ってみている……

「……クィにしませんー」

クィのまま言ってみている……

「……もぉークィにしませんー」

くり返しもしている……

「……もぉークィにしてませんのでぇ」

このまま伝わっていくこともあるだろうし……

「すぉーだよ」

もちろんここでだって問い返されることもあるだろう……

「……はぁうぃ」

「くぃにすんな」

「……ありがとうございますぅー」

「ぬぁーに」

「……ええー」

すごいだけじゃなくて、けっこーいいものかもしれない、言葉ってやつも……と言葉そのものにそそのかされたかのような重心の高いことを軽はずみに思うようになってきているようだけれど……

「そういえば、今日って、これぇ」

「なんだ？」

「現場はどこなんでしたっけぇ？」

「あぁ？」

「工事現場の誘導でしたっけぇ？　それとも突っ立っているだけの警備でしたっけぇ？」

「んー」

「それともクィのうと同じぃ……」

「くのう？」とききかえされてしまう……「くのうって何だ？」

「えーとぉ」

「あぁ？」

「そのぅ」

　それでもなるべく言い換えていくようなことはしない。

「今日、クィのう、おとといのクィのうです」そのまま伝わっていくようにしている……「日にちのクィのうですぅ」

「あぁ」

「日にちのぉー」

〝クィのう〟の前後にいくつか音のような言葉を足していくだけである……

「のぉー」

　まさしく〝足〟のように足して重心を安定させていくだけである……

「あぁ」

「ええー」

「おぅ」

今までは最初からさくじつ《昨日》などと口語にしては硬すぎる言葉に逃げていたり、イエスタデイなどと突然英語などを用いて相手に何事かと思わせることが多かったのだけれども……

「くぃのう《昨日》かぁ」

「そうですぅ」

「おぅ」

「くぃのうですぅ」

ここではクィのうのまま伝えようとしている……

「くぃのうと同じ現場ですかぁねぇー?」

「んー」

「二十四時間スーパーの駐車場での誘導とかですかねぇ?」〝日雇い〟という形態なのに、終身雇用のようにのばし続けていっている……「それともぉー」

「んー」

「設営—とかぁですかねぇー?」

「すぁ」

「ええー」

「着いてみねぇとぬぁー」

一向に苦手な音を避けずに発している様子の相手の方法もまねるようにしていく。

「めんどぉくぅすぁいー」

「あぁー」

「でぇすぅねぇー」

他の五十音もあえてその〝五十音〟という言葉の通りに音のように発していく。

「まぁー」

「むぁー？」

「むぁー」

「むぁー」

「むぉー」

「おーどうでもいいですぅー」〝グィ〟の発音に合わせていく……「うぅー」

「はぁ？」

「このむぁんむぁでぇ」

「むぁなぁ」

「うぇうぇ」

きを完全に避けてなど、生活していくことはここでは不可能である……

「他にぃ」

「んー？」

「でくぃませんのでぇ」

……できない。

「でくぃない？」

「うぇうぇー」

ここまでわたしが書いてきているこの文章においても、自然ときが少ない文章になってきているとは思うけれど、完全に使わずに書いていくことなどは不可能だ……

「他にでくぃますぇんーのでぇー」

「あぁ？」

できない……

「でくぃない？」

「うぇうぇ」

できないという言葉を無理やり避けていくことで、よけいにズレていってしまうだけである……

「でぇくぃむぁすぇんー」

「んーなぁこぉとぉわぁ」

「わぁー」

「ねぇーだろぉー」

ズレていくことを恐れて、意味をぼかしていく〝ような〟文章にもなっているのだろう……

「おー」

「うー」

「んー」

「んー……」

なるべく的を置き換えた〝ような・ように〟の多い文章にもなっているのだろう……

「いえー」

「いえー？」

「いうぇー」

「うぇー」

なるべく局所・部分を避けた〝感じる〟文章にもなっているのだろう……

「えー」

「えー」

「うー」

「んー」

「んー……」

ましてやこのように他の人の言葉も載せていっているような文章なのである。

「んー」

「うー」

「いー」

「いうぇー」

少なくともこのように分量も多い文章の上で完全に避けることは不可能であり、できない……

「いえー」

「あぁ？」

「でぇすぅかぁらぁ」

「あぁ？」

「あー」

面接時に送った志望理由の文章くらいの量だったら、たしかに避けることができるかもしれない

……


「くぉるぇくぁるぁ」

「あぁ？」

「むぉー」

「あぁ？」

「どぉーうーぞぉー」志望動機も志望理由と呼んで書いてきたわたしである……「よぉーろぉーすぃーくぅー」

「んー」

「うー」

「うー」

「うぉー」

わたしが書いた志望理由の文章からもきが抜けていたことを知ったのは、面接試験が終わった後のことである。

「おー」

「ねぇー」

「んー？」

「えー」

「んー」

「がぁー」

結果の通知も受けた後のことである。

「んー」

「いー」

「うー」

「すぃーむぁーすぅー」

今になって気づいたのである……

「んー」

「うぉ願いすぃむぁすぅー」

「すぅー」

「うー」

何度でも読み返してみてもいいような文章にいまだに感じられている……

「うー」

「うー」

「んー」

「んー……」
あの面接官がつくった文章というわけでもないのかもしれないけれども、もしかしたらあの通知もわたしの志望理由に対する返歌のようなものでもあったのかもしれない……
「んー」
「うー」
「すぅー」
「うー」
きがないという同じ韻を踏んだ……
「うぁー」
「うぉー」
「しゃー」
「うぉー」
「すぁー」
「うぅー」
「ねぇー」
というようにかけ合い続けている声の中に、今さらあの面接官の言葉も混ざりこんでくるようになってきているように感じられる……
「なんでぇー」音のように混ざりこんできている……「モォーンーゴォールゥーにぃー」
「いくぃたぁいーのかぁー」

「がぁー」

「わぁかぁらぁなぁいー」

「んー」

「でぇーすぅーよぉー」

「ねぇー」

ようやくあの面接官も気づいたのかもしれない……

「えー」わたしを追ってここまで一緒に逃げてきたのかもしれない……「えー」

「うー」

「んー」

このまま一緒に帰っていこうとしているのかもしれない……

「んー」

「んー……」

「うー」

「あー」

「むぁー」

というような音も便乗してきこえてくるようになってきている……

「むぁー」

「むぁー」ちゃっかり同乗しているようにきこえてきている……「むぁー」

「よぉー」

「んーんー」
「じゃなぁくぅてぇー」
「えー」
「むぁーむぁー」
「よぉー」
ムァームァーもこのまま一緒に帰っていこうとしているのかもしれない……
「ぷぁーぷぁー」
「ずぃーずぃー」
「ぶぁーぶぁー」
といった人たちも一緒に帰っていこうとしているようだけれど……
「ぷぁーぶぁー」
「ぶぁーぷぁー」
「ぶぁー」
「ぷぁー」
「ふぁー」
「あー」
というようにムァームァーとよりも先に、プァープァーはブァーブァーと手をとり合っていっている……
「あー」

「うー」

「んー」

「んー……」

という音の後にはいつかの同級生の声もきこえるようになってきている……

「とぉーくぅーいー」

「がぁーるぅーなぁー」

「あー」

「よぉー」

「おー」

というような音の後には、ウシやヒツジやヤギやヤクと思しい動物たちの声もきこえてきていて

……

「もぉー」

「めぇー」

「わぁー」

「すぁー」

もちろんこのバンのエンジン音もその内の一匹のようにきこえてきている……

「むぁー」

「むぇー」

「わぁー」

「んぅー」
一番ンーに近いかもしれない……
「んー」
「うー」
「いー」
「くぃー」
四輪というより、四足なのだろう……
「んー」
「ぬぅー」
「うー」
「すぅー」
あるいはもっと多い足のようにも感じられてくる足どりで進んでいっている……
「あー」
「いー」
「うー」
「んー」
車窓も目のように感じられてきているけれど……依然としてこの島国特有の光景がうつり続けている……
「んー」

「うー」
「うー」
「んー」
土地を細かく割り合っていて、その上に建物を積み上げていっている……
「んー……」
「うー」
「すぅー」
「すぁー」
それでもだんだんと草の方の量が増えていっているようではある……
「あー」
「うー」
「んー」
「んー……」
あたりが暗くなってきていることもあるのかもしれない……
「んー」
「うー」
「いー」
「くぃー」
ポリエチレンだったと思う車窓の枠組も見えなくなってきている……

「いー」

「うー」

「んー」

「うー」

「おー」

まぶたの裏側にもよく似ているような光景になってきた頃には……

「すぉー」

「おー」

「げぇー」

「んー」

「だぁー」

「あー」

あー

というように体の中の方にまで再びこだましてきている……

あー

こだましてくぃている……

あー

うー

ずっとこだましてくぃていたのかもしれない……

うー

わたしの所にまでこだましてくぃているようである……

うー

んー

一向に返事をしてこなかったわたしを呼びにくぃているかのように……

んー

うー

あー

たぶん、おそらく、くぃっと、音がこだましてくぃてからぁ……

あー

うー

んー

血が、血《けつ》えくぃがぁ、わたしの所にまでのそのそと巡ってくぃているんだろぅー……

うー

んー

んー……

温かくなってくぃているぅー……

うー

んー

んー……

わたしだけで書いているような感じは……くぃはしなくなってくぃているぅー……

うー

んー

んー……

手をとり合い足をとり合いー……

いー

うー

んー

うー

おー

むぉーペンむぉー置こぉー……

おー

うー

んー

んー……

一緒に這っていこぉー……

おー

うー

んー
うー
ゆぅー
緩み続けていくぅだけになっているけれどぉー……
おー
うー
んー
んー……
うー
いー
いー緒ぉーおーにぃー生ーくぃーてぇーいーこぉーおーおーおーおーおーおーおーおぅーうーうー
うーうーんーんーんーんーんーんーんー……

# イベリア半島に生息する生物

# 1

母親の体内にいたときのことはさすがにまったくおぼえていないのですが、ほら、今おなかのあかちゃんが蹴ったとは言うのに、叩いた、突いた、パンチしたとは言わないことまで最近の自分は遡って考えるようになっており、何かを蹴りたい本能がヒトには先天的に埋めこまれていて、ときどき意識の間隙をついて姿を現すのだと思います。

「ちゃんと考えながら行動しろ」

そういった本能をおさえこもうとする頭には、埋めこまれていないのだと思います。

「ムダな動きはするな」

世間と一番近い所で接してちょくちょく状態を変える皮膚などの浅い場所ではなく、もっと体内の奥深い所に本能は埋めこまれているのだと思います。

「ムダな動きはするなよ」

皮膚でつつみこんだ頭をサッカーボールと見立てて思いきり蹴りとばしたい気分にかられることもありますが、意識をきちんと保っていれば、そのような気分にかられることはめったにありません。

「わかったか、タロー?」

自分ももういいかげん高校生になったのだからという自覚があるいはめばえてきたのかもしれませ

ん。

「……はい」

　コントロールするとおりに動かない自分の体というものを最近では恥じ、たまたま誰かの目の前でそのような動きをとってしまったときにはいたたまれず、弁解することばかりに頭が働き、皮膚も紅潮するのが自分でもわかります。

「それで、なんで今首のばしたんだ？」

　自分の体すべてを臀部と見立てた尻拭いをする気分におちいります。

「……えぃーっと」

　自分の首がかってにのびてしまった瞬間、やっちったと思い、すぐさま弁解の言葉を考えましたが、そうかんたんには思いうかびません。

「なんでだ？　何か理由があるんだろ？」

　体がかってに動いただけの話です。

「いや……ええまぁ」

　体のほうが正しい答えを知っていることもあり、その目的や理由を考えたりもしますが結局わからず、頭で弁解の言葉ばかり考えるのです。

「もしかして〝体操〟か、タロー？」

　自分がこのように弁解の言葉につまっていると、自分の体の動きを目のあたりにした相手の方が助け舟をだしてくれることがあります。

「……そうです、体操でした」

その場をうまくやりすごすという意味では助け舟ですが、もちろん自分にそのような明確な意図があったわけではありません。

「そうか、体操だったのか」

自分の体が勝手にした動きに〝体操〟という名前があてられ、さらに〝首の伸縮運動〟や〝クールダウン〟といった名前もあてられ細分化されます。

「……ええ」

そのように一つ一つに名前をあてていくことで一つまた一つと未開の動きがへり、自分は〝ヒト〟から〝人間〟に着実に進化をとげているきもちになることがあります。

「クールダウンの体操だったら、今やるな、わかったかタロー？」

それでも完全になくなることはないように思います。

「……はい」

心の中ではそれでもいいように考えて、心おきなく体の動きにまかせることのできるこの物事をはじめたのだと思います。

「今がどういう状況かわかってるよな？」

ただ最近は日常生活よりも体の動きの縛りがきついように感じています。

「……はい」

今日の結果の責任の一つが自分にあることは自分でもよくわかっています。

「試合中も、ムダな動きが多かったからな」

体の動きの縛りについて感じるのは、とくにこの高校に上がってからのここ最近のことです。

「……はい」

根本的なことに思考がすぐに及んでしまうのです。

何故自分はこの物事に一日を通じて最も多くの時間をさいているのか。

何故自分はこの物事に最も多くのお金をかけているのか。

何故自分はこの物事を無償でやっているのか。

何故自分はこの物事をしているのか。

何故自分はこの物事をはじめたのか。

現在の自分においてこの〝物事〟とは、サッカーという、名前自体が専門用語のようなスポーツのことをさします。

「イレブン一人一人がムダな動きをなくして、チームとして一つのサッカーを結実するんだ」

この丸くて白いボールを蹴ることすら、最近では労働のように感じることがあります。

「わかったか、一年生、二年生！」

受験勉強のために三年生の大半はすでに春で引退しており、今日の試合に出場したのは一・二年主体でした。

「こんなまとまりのないサッカーをずっとしていたら、三年に申し訳が立たんだろ？」

三年生で出場したのは二名のみで、今日の試合の敗北で引退となりました。

「一・二年は今ここで筋トレやれ」

三年生引退の感傷をこえるくらい、今日の試合のふがいなさに監督ははらわたが煮えくり返っているようで、三年生以外の一・二年全員に筋力トレーニングを命じたのです。

「全身の筋肉を鍛えて、自分の体をきちんと調教するんだ」

いつも練習後におこなう腕立て伏せ・スクワット・腹筋・背筋の筋力トレーニングを三セットおこなったあとで、さきほどの自分の〝ムダな動き〟へのダメ出しのみでは不公平と感じたのか、試合に出場した一人一人に注文をつけます。

「コーキ、ドリからシュートのテンポ、もっと速く」

ただでさえ専門用語の臭気のする単語を、ドリブルを〝ドリ〟やダイレクトを〝ダイレ〟と、さらに省略していきます。

「オグヒロ、ダイレではたけるところはダイレではたけ」

何故自分は今この場にいるのか。

「ハマ、トラップしっかり」

何故自分は今この場にいるのか。

「クニカズサトウ、ムダなファウルはするな」

何故自分はサッカーをはじめてしまったのか。

「ドナドナも、ムダなファウルはするな」

サッカー自体は、ほかのスポーツより〝なんか自由そう〟と気軽に考えて、小学校三年生からはじめたのです。

「タカハシ、ムダなフェイントはするな」

もしその当時に演劇、ダンスなどの選択肢があったらそっちを選んでいたかもしれません。

「カツ、パスが雑だぞ」

中学校の時には県の選抜選手にも選ばれ、来週対戦する高校やほかの強豪校からも推薦入学の誘いをうけていたものの、入学したのは大した実績のないこの高校でした。

「ワンくん、もうすこしだけオフサイ気をつけてな」

県選抜としていろいろな選手を目にしたことで自分は身のほどを知り、全国大会に出たい等の向上心はなく、ボールを蹴って楽しめそうな高校を選んだつもりでした。

「タカトシンイチロウ、キャッチとパンチングの見きわめしっかり」

しかし実際入学してみると、自分のほかにも市や郡の選抜選手等が偶然入学してきた学年であり、次々と細かい戦術をもちこんで全国大会出場をめざすようになったのです。

「クリキン、相手のフクセン読みちがえるな」

フクセンとはもともとはサッカー単語ではないそうで、相手の企みの前触れといった意味なのだそうです。

「タク、お前のオーバーラップ相手に読まれてたぞ」

良いチームというのは、そのフクセンを一人一人が相手に読まれないことにあるのだともよく言います。

「ノブ、常に頭上げて視野確保しながらサイドチェンジな」

自分と同じ一年生が今注文をつけられている〝サイドチェンジ〟の問題は、自分も持病のようにかかえています。

「サイドチェンジにかんしては、タローもだな」

県の選抜ともう一つ上の選抜や日本代表との決定的な差がここにあるのだということは、自分でもわかっているのです。

「フォワードでもサイドチェンジは必要だからな」

簡単に一言で言うと、テレビの映像のような自分一人の体から離れた俯瞰した視点をもっているか否かの問題です。

「わかったか、タロー？」

地上世界で目の前の相手と対峙するとついつい勝負したくなるのだけれど、傍から見ているとその狭い勝負の先には何もない。

「わかったか、おい、タロー？」

ガラ空きになっている反対サイドの味方の状況を察知し、この勝負の負けを潔く認めて、反対サイドまでボールを蹴ることができるか――これを文字どおり〝サイドチェンジ〟と言います――これは空間を正確に把握する視野の問題とも言え、先天的な〝才能〟によるところの多い力だと思います。

「きいてんのか、おまえ」

ボールあつかいは毎日触れていれば県の選抜のレベルくらいには簡単になれると思うけれど、この視野の問題に関しては常に注意をはらっていてもなかなかうまくいかない部分があります。

「ちゃんと返事をしろ」

たとえば、自分では問題だと重々承知しておきながら、自然とサッカーのことばかり考えてサイドチェンジのタイミングを完全に見失っている、今の自分のような。

# 2

彼女とは中学二年のときに知り合いました。

同じ県の選抜だった橋崎賢也《はしざきけんや》——弟の〝橋崎聖也《せいや》〟の名前でネット検索すれば、たくさんでてくると思う。Jリーグの下部組織に所属している十四歳以下日本代表の〝橋崎聖也〟の兄・賢也の紹介で、彼女とは知り合ったのでした。

「ケンちゃんは勝ったみたいよ」

橋崎賢也と同じ中学校のクラスにいた女子で、橋崎賢也の彼女と一緒に試合を観にきていたところで知り合ったのです。

「6－1」

自分は語彙がまだ足りないからこう言うしかないけれど、彼女はべつに男をあさりにきていたわけではなく、心底サッカーが好きなようであり、純粋に観戦していたのだそうです。

「圧勝」

まだあそびにいったことは一度もないけれど彼女の家もサッカー一家であり、兄はあの〝東茂《あずましげる》〟——ネット検索すれば、たくさんでてくると思う。昨年の日本高校選抜で、現在は東京の強豪大学でサッカーをしている人物なのです。

「ケンちゃんも途中出場で一点きめたんだって」

自分は知らぬ間に〝サッカー〟という業界の人間関係のみに囲まれているように思うことが最近し

ばしばあります。

「決勝であんたとケンちゃんが当たったらよかったのにね」

橋崎賢也のほうは全国大会常連の名門校にそのまま進学して、部員数一〇〇をこえる中で一年生でベンチ入りを果たしており、自分とは状況がちがうのです。

「まぁ当たってたら間違いなくボコられてただろうね」

「なこと言って」

携帯電話の電波の問題とは関係なく、彼女はときどき語頭のききとれないしゃべり方をします。

「まぁ勝っても負けてもどっちでもいいや」

「またまた」

自分が何かわざと悪びれているようにあつかっているようだったので、素直な一言を加えておくことにしました。

「全然たのしくないんだよね」

そうなの、と小声でたずねてくるので、時給が発生してもおかしくないくらいやらされてる感が強いとかえした。

「部活やめて、ほんとバイトやっちゃおっかな」

彼女に言うのははじめての言葉かもしれません。

「本気で言ってる?」

自分はフィールドにいるときしか興味をもたれていないのだと思います。

「……もうちょっと考えるけど」

「タローくんにはサッカーしかないんだから」

直接会うのも練習後や試合後のフィールド付近が多く、電話の話題もこのようにサッカーが多いのです。

「そもそもタローくんもケンちゃんと同じ高校に行っとけばよかったのよ」

あんた絶対中学ん時より下手になってるわよと、ため息まじりに語をつぎます。

「この高校にいたままだと、あんた腐るわよ」

彼女は試合の内容に満足できなかったとき、自分のことを名前ではなく〝あんた〟と呼ぶことが多くなります。

「二週間ぶりに観たけど」

先週の試合は、家族全員で東京まで東茂の試合を観にいって自分の試合は観にこなかったのです。

「あんた消極的なのよ」

そしてサッカー用語満載のダメ出しをしたのです。

「今日のあんたはクサビもすくなかったし、プルアウェイもすくなかったし、ハーフタイム直前のアーリークロスにファーでフリーになってもシュート打たないで味方にオトシちゃって、あそこはダイビングヘッドでしょ、まったく」

今日の試合でもやはりサイドチェンジができていなかったことも咎めました。

「そういや」

試合に負けたことが当事者の自分以上に悔しかったらしく、試合後もずっと席から立ち上がれなかったらしい彼女のダメ出しが止まりそうになかったので、自分は話をそらす目的を一番にきりだしたのです。

「何」

「そういやですね」

「だから何」

語尾を上げずに低い声のままきいてきます。

「……試合後声をかけられて」

誰に声をかけられたのか、何故今このタイミングでそんなことを言うのかをつづけてきいてきましたが、自分は前者の質問にたいしてだけ〝名古屋よし子〟とこたえました。

「……誰それ？」

名古屋の役所の見本みたいな名前、と自分で言って自分ですこしだけ笑ったようです。

「……名刺もらったんだ」

〝名古屋よし子〟という自分の母親と同年代くらいに見える年配の女性と別れたあとに携帯電話で検索をかけてみましたが、〝橋崎聖也〟や〝東茂〟のような結果はでませんでした。

「それで、その〝名古屋よし子〟が何？」

「……僕もよくわからないんだけど、今日の試合ずっと観客席から観てたらしくて」

県大会の準決勝だったということもあり、県内で一番大きいスタジアムで今日は行われたのです。

「へえ……で？」

「でって」

だから何かの話があったんでしょと、このやりとりにもダメ出しをしかねない状況になります。

「どうせ今日はあなたダメでしたねとか言われたんでしょ」

「たしかに試合の感想もあったけど……」

県内で一番大きいスタジアムではありますが、青い座板がしつらえてある観客席はメインスタンドの二百席ほどです。

## 3

自校や相手校の応援団等が陣取るバックスタンド、ゴール裏は芝生になっていました。

「三年生おつかれさん」

試合終了の笛が鳴り、両校握手をかわしてそれぞれの応援団に一礼をして、スタジアムの控え室に戻り、ミーティングがはじまったのです。

「一・二年がおまえたちの分もこれから頑張るからな」

一・二年生に対してのみ筋トレをさせながら、三年生に声をかけます。

「来年こそは全国にいけるよう頑張るからな」

自分たち一・二年生も今日で引退することとなった三年生たちに一人一人挨拶をしてミーティングは終了し、自分は足早に控え室をあとにしました。

「なんすか？」

サッカーが本当に好きだったら今日を最後にする必要はないと思うことと、今日の自分の出来が敗因の一つでもあるので、引退する三年生たちに大げさな言葉はかけませんでした。

「はい？」

水で顔を洗うと、もともと色白で日に焼けない肌質なのですが、ひりひりします。

「そうです、はい、僕です」

脱いだ〝プーマ〟のスパイクシューズと〝ナイキ〟のユニフォームを〝アディダス〟のエナメルバッグの中に入れながら、関係者口から外にでたところで女性につかまったのです。

「はい？」

自分は身の回りの物さえ専門分野のメーカーに囲まれているのです。

「……ええ、はい」

自分と周囲の隙間をぬって現れたかのような姿勢がすこし波をうったその女性の言っていることが、自分にはよくわかりません。

「すんません、もう一回言って下さい」

この試合をずっと観客席から観ていたのだと言います。

「……はぁ、どうもありがとうございます」

冷静な観戦の感想を自分に伝えました。

「……なるほど」

嫌々やっている感じがするといった、自分の内面まで突く鋭い感想です。

「そうかもしれません」

内面まで突いている点で、自分の彼女より鋭いかもしれません。

「……はぁ」

試合後にわざわざ感想を伝えにくる父兄やサッカーフリークは今までもいたので、そういう関連のひとかと確定しかけたところで、その女性は本題と思しきことを声音を一つ高めてきりだしました。

「はい？」

　年齢は五十代前半くらいでしょうか。

「僕にですか？」

　一筆で書けそうなくらい淡白な顔の女性ですが、妙にインパクトをおぼえます。

「僕がですか？」

　舌のせいでしょうか。

「……三ヶ月」

　眼球のような舌がときどきのぞくのです。

「学校もありますし」

　そのような舌の習性を自覚してのことでしょうか、単語まで細かく区切ってしゃべります。

「休、学、していった人がいるんですか」

　自分はすこしそのしゃべり方を真似て反復しました。

「でも僕、所詮県選抜どまりですよ」

　結論は今ださなくてもいいのだそうです。

「……大体自分の力がどのへんにあるのかわかってますし」

　どのみち選考をうけなくてはいけないのだそうですが、それでも女性の見立てでは、決断さえすればキミの〝ポテンシャル〟なら選考のほうは通ると言います。

「……ポテンシャル」

サッカーの専門用語のようにもすこしだけきこえました。

「……まぁすこしだけ考えてみます」

最近の自分はちょっとした言葉にすぐそのような印象をおぼえてしまうのかもしれません。

「試合の感想もありがとうございました」

このあと喫茶店にでも的なことを言われましたが、恒例の彼女との電話での反省会があるので、〝名古屋よし子〟という印字の入った名刺を頂いて帰宅したのです。

「で、試合の感想以外何があったの？　早く言いなさいよ」

もったいぶらないでよという彼女の言下、自分は名古屋よし子の話の本題をようやくきりだしました。

「スペインに行かないか、だって」

「リーガ・エスパニョール？」

東茂や両親の影響もあり、彼女は海外のサッカー事情についても自分より詳しいのです。

「いや、プロじゃない。スペインでサッカーしないかって話」

「ほんとに？」

今日のあんたのプレー見て、そんな話来る？　とせせら笑いをはじめた彼女を予期していたので、自分はこの話をすこしためらったのです。

「……ポテンシャルがどうとか」

「……ポテンシャル」この言葉にはスポーツフリークを黙らせる力があるようです。「テンシャルときましたか」

「選考もあるけど、通るだろうって」

「それで、どれくらいの――」期間・レベル・費用という〝どれくらい〟がかかる質問を連続してきたので、三ヶ月・知らない・航空費だけと即答しました。「学校はどうすんの？」

前に行った日本人は休学したと告げると、まぁ三ヶ月だけなら留年にもなんないかぁと彼女のほうが状況を補強します。

「だったら行ってくれればいいじゃん」

まぁ、選考に受かったらの話だけど、と挑発的な語をつぎましたが、自分は要点しかうけとりませんでした。

「たしかに」

「今日のあんたの出来からして、手広く声かけてんだろうし」

「たしかに」

たしかに県大会準決勝での自分の出来はひどく、試合後にこのような話をもちかけられることに、自分自身とても違和感がありました。それでも三十名ほどと一緒に東京で選考をうけ、合格し、彼女と先生にも強く薦められたこともあり、一学期間の休学を申し出て飛び立つことにしたのです。

「レアルとバルサの試合はちゃんと頭に焼きつけなよ」

と自分の記憶の分野にまで彼女は最後に指示をだしていましたが、自分がスペインで滞在するのは、〝レアル〟という世界的なチームがある首都マドリッドでも、略称〝バルサ〟があるバルセロナでもなく、田舎町なのだそうです。

「ここが宿舎だ」

主催団体の意向により、合格者はスペイン各地に一人ずつ派遣するとりきめになっているようです。

「これがおまえの部屋の鍵だ」

一緒に選考をうけて合格した〝帝京《ていきょう》〟や〝鹿実《かじつ》〟の選手はバルセロナやマドリッド、バレンシアなどの都市部、自分は田舎町への派遣となりました。

「ここで、オレとおまえはお別れだ」

ポルトガルがどこにあるのかわからないけれど、〝ポルトガル寄り〟の田舎町なのだとすでに機内で言っていました。

「六時にこの門の前で待ってる。ここに来る。わかったか?」

自分より二十は年上ですが敬語ではない方が合っているように感じたので、アムステルダム空港、マドリッド空港と乗りついできた道中、ずっとタメ口をきいてきました。

「……わかった」

自分はその日本語を話すことのできるスペイン人コンダクターとアディオスと掛け合って別れたあと、四階建ての宿舎の自室に入り、ベッドに横になりました。

……明日午後六時か

日本を離れてから誰ともまともに会話をしてこなかったせいか、独り言がいつもの五倍は多い気がします。

……大丈夫かな、言葉通じなくて

〝やあ〟が〝オラ〟、〝さようなら〟が〝アディオス〟、〝ありがとう〟が〝グラシャス〟とだけ教えられています。

……ま、いっか

この三ヶ月の目的はもちろん語学ではありません。

……どうせすぐだし

サッカーがうまくなりたい向上心もそんなにないのです。

……たった三ヶ月だし

たった三ヶ月だしと開き直り、周囲が薦めるままに、人種も風土も言葉もことなるスペインに来ただけのことです。

……サッカーなんかもうやめたっていいんだ

スペインについた初日の夜も、大体考えたのはそのようなことでした。

## 4

〝サッカー〟という名前の物事ととくにこの高校生になってから距離をおくようになっていることは自分でも自覚していますが、その一方で自分は何故この〝サッカー〟をはじめてしまったのかといった根源的な問題を考える機会を同時にえたこととともなり、サッカーそのものの由来についてもすこし興味をおぼえて一度調べてみようと、昼休みに図書室に行ってみたことがありました。スペインに出発する一ヶ月とすこし前のことです。サッカーの由来という全体の歴史が一個人の自分に内蔵されているのではと思いついたためでした。自分は足掛け九年間サッカーをしてきたのに、サッカーの由来については一切関心をもったことがなかったのです。〝トラップ〟・〝パス〟・〝シュート〟の模範を図示するサッカーの入門書の類は〝スポーツ〟の棚に数冊置いてありましたが、サッカーの由来まで載せている本は結局自分一人では見つけることができませんでした。図書室の日直の人に協力してもらってようやく見つけることのできた本には、手をつかってでも何をしてもよかった前身のフットボールを、十八世紀のイギリスにおいてルール化し、紳士的なスポーツとして生まれ変わらせたのがサッカーという文章がありました。あまりしっくりときません。サッカーの由来を参照することで、現在高校でしているサッカーは純粋にボールを蹴って楽しむ本来のサッカーからかけ離れていると言いたい狙いがあったのですが、由来に忠実に存在しているのが現在のサッカーという事実を逆につきつけられたきもちにおちいります。Ａｓｓｏｃｉａｔｉｏｎ（協会・連合）の省略・ｓｏｃ＋ｅｒ（人間）という名前の由来も知り、〝サッカー〟という名前そのものも使う気がやや失せました。この物事には必須のサッカーボールの由来については、イギリスの植民地だった有色人種の地域で歴代生産されてきたという、学校の世界史的な情報がすこし載せてあるのみでした。何故ボールは白くて丸いのか。その問題については、すくなくとも自分と図書室の日直の人があたった本には、一切記述がありませんでした。思えばサッカーに限らず大半の球技で使用されるボールは白くて丸いです。何故ボールは白くて丸いのか。そして何故自分はあまたある物事の中でサッカーという名前の物事を選んだのか。このサッカーという物事に今〝そもそも〟を叩きつけている以上、自分は本当はこの物事を選び切ってはいなかったのかもしれません。足がかりでしかないのかもしれません。たまたまなのかもしれません。わかりません。サッカー発祥の地というイギリスと同じヨーロッパにあるスペインに来たら、何か大切なことに気づくかと思いましたが、やはり日本の最近の日常ととくだんかわりません。時刻は約束の午後六時になります。

## 5

部屋の番号を彫りつけてある見た目銀製・手触り木製の鍵で部屋のドアを閉めて、階段をおり、ロビーの男性に挨拶をかえして、宿舎のそとにでます。

「……オラ」

標高はそれほどないのだろうけれど茨のごとくとげとげした稜線が妙な威圧感をあたえる山々を見はるかしながら、敷地そのものの門の手前に立ち、車の迎えを待つことにします。

……六時って言ってたよな

コンダクターのスペイン人は午後六時と昨日言っていました。

……午後ってちゃんと言ってたよな

おそらく一〇〇キロ以上むこうにある山々ですが、町内に高層建築があまりなく、とても近くにあるように見えます。

「t《ティー》・a《エー》・r《アー》・o《オー》」

視線を宿舎の白壁にうつし、白色がクリーム色に見えてきたところで、肩をやや強めに叩かれました。

「タロー?」

額にほくろが三つ横並びになっている白人男性に名前だけ確認されて、車に乗りこみました。

「……オラ」

という自分の返事が〝オレ〟の訛りのようにきこえます。

……写真で見た気する

定員七名のバンでしたがどうやら二人きりで行くようで、沈黙のままエンゲル係数の高い繁華街を走ります。

……ここが町で一番の繁華街なんだろうな

巨大なコインのようなスーパーマーケット、自治会所のような教会、平屋のピザ屋、パン屋、果物屋、肥えた鳥のマスコットが置いてある店か住宅。

……まぁ観光で来たわけじゃないし

名古屋さんからもらっていた写真どおりか、たて四センチ×よこ六センチの写真の延長線に収まる洋風建築の風景ばかりですが、移動が車とは一切きいていませんでした。

……ウォークマンでももってくればよかった

試合前は音楽をきいてモチベーションを上げた方がいいと彼女に四千円で売られたお古のウォークマンは、日本に置いてきました。

……まぁしょうがない

三ヶ月くらいは日本の前向きなポップソングからも離れる心意気だったのです。

……送ってもらうのに連絡なんかしたくないし

車内の気まずい沈黙にたいしてつらつら考えているうちに停車しました。

「……グラシャス」

長屋状になっているプレハブがあり、その奥に一見して人工芝とわかる照明付のフィールドがあります。

「ケンバックケンバック」

練習後迎えに来る旨の運転手の英語をきいて下車し、更衣室と思しきプレハブの中に入り、オラ、と言って練習着に着がえフィールドにでました。

「オラ」

チームメイトは全員白人です。

……チームに迷惑はかけないようにしないとな

ボールが外に出ないために築いてある金網の中のフィールドに立つと、緊張感がいっそう高まります。

……ムダな動きもしないようにしないと

五部まである内の一部に属し、プロのユースからこぼれた選手が集まるチームという情報が頭の中でふくらみます。

……すみっこの方で体操でもしてるか

独り言をはっする自分自身を唯一の友のように見立てて、自分は金網と接した隅で号令がかかるまで体操をしました。

……変な動きしてくれるなよ

万が一ボールがこえた時のためか、金網には外にでることのできる扉が点在しています。

……まだかな

練習の開始時刻をまわり続々と集まるチームメイトたちも、おしゃべりのようなボールの蹴り合いをはじめています。

……監督がまだ来ないのかな

そのまま三十分以上経過したところで、チームメイトだと思っていた輪の中から全体にむけて声をだす者が現れました。

タロータロータロー

自分の目には同い年か一、二歳上にしか見えないものの、〝監督〟のふるまいを見せて自分の名前を全員に紹介し、すぐに実戦形式の練習をはじめます。

タロータロータロー

結局全員を集めたのは一度だけでした。

タロータロータロー

犬のような自分の名前を何度も犬のように呼びつけて、とりあえず攻撃的な位置に自分をおきました。

タロータロータロー

笛などは用いずボールを互いに蹴り合っているうちにゲーム開始が既成事実のようにはじまり、敵・味方の緊張感もなく笑い合いながらサッカーをします。

タロータロータロー

自分の目には、あきらかなムダな動きも見てとれます。

タロータロータロータロー

監督は何も言わないばかりか、自身も片方のチームに混ざって必要のないリフティングやフェイントをしています。

タロータロータロー

口ぐせのように言いつづけるこのタローの連呼も一つで、響きが面白いのか、自分と関係のない場面でも呼びます。

タロータロータロー

監督に共鳴して連呼をはじめたチームメイトもいます。

タロータロータロー

足元の技術のみで見れば県選抜でもざらにいるレベル、〝東茂〟や〝橋崎聖也〟級の選手はいない印象ですが、そもそも別のスポーツをしている印象も同時におぼえます。

タロータロータロー

基本動作の〝トラップ〟（ボールを止めること）・〝ドリブル〟（ボールを前に蹴りすすめること）・〝パス〟（ボールを味方にわたすこと）のそれぞれの範囲がちがうような、これまで日本で長年教えこまれてきた用語の一つ一つがとり去られる印象も同時におぼえます。

タロータロータロータロー

解放感よりとまどいの方を強くおぼえています。

……どうしよう

トラップにはボールを止める以前の動きが含まれ、止めた動きがすでにドリブルの一歩目になり、数歩目がそのままパスになります。

「……アディオス」

顔の彫りの深さがそのまま体の筋肉に投影されているかのように、練習後のプレハブで見た彼らの腹筋はきれいに割れていましたが、筋力トレーニングもなく、実戦形式の練習のみで終わりました。

「チャオ」

〝さようなら〟にも種類があるのか、アディオスと言ったのにチャオと返されて別れ、待機していたバンに乗りました。

……明日もあんな感じかな

午後九時半すぎに宿舎に着き、一階の食堂で夕飯を食べて、自室に戻ります。

……いいのかな、こんなんで

スペインではシエスタという〝昼寝〟の習慣があるらしく、日本より生活習慣が二時間繰り下がっているようです。

……三ヶ月間

午後六時半にはじまる練習というのも人生初でした。

……まぁとりあえず初日の練習はおわりだな

スプリングのやや甘いベッドに横になり、今日一日のしめくくりに頭は入っていましたが、体は蠢きつづけています。

……初日はおわりだな

練習後はいつもぐったりするものですが、あの練習自体が長大なウォーミングアップだったかのように、体が今になってよく動き、眠りたい意識となかなか折り合いがつきません。

……スクランブルの方にするか

朝起きると、全身の血管がミミズのように蠢いています。

……スクランブルだって

体の方は一睡もしてないのかもと、意識と分解して考えつつ食堂に向かい、スクランブルエッグをとろうとしました。

……スクランブル

しかしセルフスタイルの朝食の中から手が勝手にとったのは目玉焼きの方で、すぐにとり直しましたが、口の食べる動きも口外と口内でうまく連動せず、食後の足どりもどこかぎこちなく感じます。

……これが時差ボケってやつか？

そして部屋のベッドにふたたび横になり、昨日の練習のことを自然と考えます。

……チームより個人の能力の方が大事なんだろうな

移籍も厭わないクラブチーム制度と、原則三年所属する日本の部活制度のちがいなのかもしれません。

……いいんだろうか、あんなんで

このままではサッカー部の人間や彼女にも〝観光〟となじられるのは目に見えています。

……一人で筋トレでもやりにいくか

ようやく立ちあがったのは一時間半後のことで、宿舎内のジムでバーベルを五、六回上げましたが、なんとなくばからしくなり、夜の全体練習まで部屋でとくに何もせずすごしました。

……やっぱウォークマン送ってもらおうかな

今夜も気まずい沈黙をへて練習場につくと、チームメイトたちは見たことのないメーカーか別のスポーツだと思うメーカーの練習着を着て、すでにボールを蹴り合っています。

……ｎｅｗ ｂａｌａｎｃｅって陸上じゃなかったっけ？

一選手のようにボールを蹴ってあそんでいた監督が今日もゆるい集合をかけて、昨日欠席した人もいたのか自分の名前を今一度紹介して、すぐに実戦形式の練習に入ります。

タロー、ウィラックス、ウィラックス

と英語らしき言葉を用いて、監督は肩をもみほぐしました。

タロータロータロータロー

昨日と同様に笛は用いず既成事実のようにはじまり、自分にもすぐさまボールが回ってきました。

タロータロータロータロー

郷に入っては郷に従えといった気分で、ためしに〝トラップ〟と〝ドリブル〟を分割しないようにしてみました。

……もっともっとスムーズに

そのうちに相手選手ではなく味方選手が自分のボールを引き継ぐように奪い、結果〝パス〟となります。

……裏に走るか

もう一度自分にボールが来ることを信じて、相手選手の後方の〝裏〟のスペースに走りましたが、味方が途中でボールを奪われてしまったようです。

……しょうがないな

とわざわざ心の中でつぶやき、自陣に引き返そうとします。

……ん？

頭では引き返そうと思っているのに、足が言うことをききません。

……いッ

相手ゴールに向かって走りつづけ、ゴールポストの鉄柱にぶつかる寸前で、急に右に曲がりました。

……おいッ

そのままフィールドを仕切る石灰の白い線もこえ、金網に一度体当たりでぶつかってから右側の扉を見つけて狡猾にノブをひねり、フィールドの外にでていったのです。

タロータロータロータロー

自分でもまったく意味がわからないまま、着の身着のまま自分は突然走りだしたのです。

頭部がもちあがりたがる。

頸部がのびたがる。

右の肩がいかりたがる。

左の肩がすくみたがる。

背部がこわばりたがる。

腹部が蠢きながら胸部や腰部に面積を拡張したがっている。

突然着の身着のまま走りはじめた自分の体はいったいどこに向かっているのだろうか、あるいは、行き先も目的もなくただ発狂したかのように走りはじめただけなのだろうか。このような意識下の問いに一切こたえることなく、三つ並びのほくろの運転手が待機しているはずのバンに一瞥もやらず、体は走りつづけている。表面の皮膚を食い破るような拍動や血流がすさまじい。すでに一、二キロは走っているだろうか。後方のフィールドを振り返ることはない。それでも自分が本気をだして止めようとすれば、体はかんたんに止まり、フィールドの方に引き返してくれるだろうと高を括っていたのだが、三キロほど走ったところでそろそろいいだろうと止めようとしたが、止まらない。そればかりかいくぶん速度が上がる。全力疾走といったわけではなく、かと言ってジョギングほど遅くはない速度で走りつづけている。下半身のみが勝手に動いているのではなく、上半身も各々の部位が各々に動いており、はたして連動する意図があるのかは自分にもわからない。〝自分〟とは今の状況下にあって単なる一個の意識であって、コントロールできる部位をもたない以上、存在としては弱いように思う。意識とは頭部にあるとばかり思っていたが、その頭部すら意識から離れようともちあがりたがっている。今まで抑圧されてきたものから解放されたかのように、身体の各部位、各筋肉や各骨、各血管、部位によっては細胞のレベルまで独立を表明しているように感じる。宣誓する出で立ちのように勇ましく屹立をはじめた性器ぐらいコントロールしたいところだが、トレーニングパンツの膨らみをおさえるための手すら言うことをきかない。自分の意識の裏をつくような体の動きを楽しんでしまう自分もいて、走っているうちに徐々にそれも気にならなくなっているように思う。残照はすでになく、月の光や数キロ先の町の明かりをたよりに走っている。障害物などない一本道なのに、ときどきジグザグに走る。突然鼻が眉間にまで皺を寄せてひくつく。視線ごと頭部を左右にふり、十数秒後、この小高い道路から右手に駆け下りていった。月明かりの届いていない茂みに入り、そのまま道路からどんどん遠ざかっていくのかと思いきや、灯籠のように垂れ下がっている赤いトマトを三個ばかりもぎとってふたたび道路にもどってくる。まんなかではなく路肩を走る。このトマトをすべて食べつくしたあとにまたすぐ道路から外れられるように際を走っているだけなのかもしれない。車の通りをおそれているとは考えづらい道である。路肩の境界が蔓草でぼけているこの車道は一分間に一、二台が通る程度の道路である。しかしそれもはるか遠くに見えていた町の点状の光に近づくにつれて、格段と交通量が増えてきている。すでに自分自身の体がその光の点の一つを担っているようにも思う。左右に木々ではなく住宅が並びはじめた頃には、道路そのものも太いセンターラインをもつ車道に変わっていた。バンの車中から見えていた巨大なコインのようなスーパーマーケット、自治会所のような教会、平屋のパン屋、果物屋……といった町の繁華街の中を、自分は依然トレーニングズボンに第三の勇ましい手をつくりながらすすむ。意識下ではこのまま宿舎にもどることで落着する予感を実のところすこしだけもっていたのだが、そのような淡い期待をも断ち切るかのごとく鋭い左折と右折をくりかえし、たて四センチ×よこ六センチの写真の延長線にはないような風景の道にでた。このまま繁華街はおろか町自体を抜けていこうとする構えである。

……どッこに行くんだッて！

突然走りだして以来はじめて口をついてでた自分の思いだった。

……おいッ、どッこに行くんだよッ！

この思いはもちろん走りはじめた当初からもっていたものだったが、声帯をふるわせて口からでたのはこれがはじめてだったのである。

……おいッて！

声帯も口も独立したとばかり思いこみ、自然と遠慮していたのかもしれない。

……練習はどうするんだよッ！

罵倒するような語調だが、今はとことん体の動きたいままに身をまかせてあげたいという気もある。

……練習はどうするんだよッ！

〝ムダな動き〟として今までさんざん奉仕させてきたわけなのだ。

……どうすんだよッ！

今まで走った最長距離は試合に負けた罰で走らされた十五キロだからそろそろかもしれない。

……タローくんにはサッカーしかないんだから
いつぞやの彼女の言葉が突然よみがえる。

……ひっちゃんも練習に戻ってって言うと思うぞ
〝ひっちゃん〟とは彼女・〝菱子《ひしこ》〟のあだ名である。

……ひっちゃん、悲しむぞ
父親が日本サッカーリーグ（ＪＳＬ）の〝三菱重工〟の頃から〝浦和レッズ〟のファンだったことが名前の由来である。

……ひっちゃんをうらぎんのか？

自分でも思ってもみない正論をあえて体にむかってぶちまけてみたが、体はまったく反応しない。

……ひっちゃんのことはもうどうでもいいのか？

体の本音を知りたいのだと思う。

……そういう意味なんだな？

彼女のことを思いだすとかえって第三の手がひっこむ。

……そうなんだな？

体の方が本心に迫っている気がし、日本に帰国したらきちんと別れを告げるべきだという気分になる。

……だったらちゃんと言おう

それよりちゃんと日本に帰国することができるのか。

……日本に帰ることができたら、ちゃんと言おう

彼女との共通点でもあったサッカーをも、やはりやめるべきなのかと思いおよぶ。

……サッカーもやめんのか？

それでもサッカーから完全に離れた実感は薄いのである。

……サッカー

すでにフィールドから十五キロ以上離れているだろうが、サッカーから遠ざかっている実感は薄い。

……サッカー

ボールはおろか何も蹴っていないし、フィールドの中にも自分はいないが、実のところ〝サッカー〟をほっぽりだしてきた実感は薄く、練習場の人工芝のフィールドと現在地点がきちんとつながっているように感じている。服装が練習着のままだからということもあるいはあるのかもしれない。独り言を吐きながらも視野はきちんと保っておこうという意識は働いており、そろそろ〝サイドチェンジ〟をしなくてはとも思いはじめているが、体の動きを止めることは今の自分にはできない。自分の体はいったい何をしたいのだろう。ただやみくもに体を動かしながら走りたいだけなのかもしれな

い。自分の意識が意味や意図を推し量っているまでのことで、現時点でここにあるのはただただ体の動きのみと言っていい。

頭部がもちあがりたがる。
頸部がのびたがる。
右の肩がいかりたがる。
左の肩がすくみたがる。
背部がこわばりたがる。
腹部が蠢きながら胸部や腰部に面積を拡張したがっている。

繁華街の中に箱型の住宅が一軒二軒混ざりはじめる形で住宅街へと風景はうつりかわり、その住宅の構造そのものも木造からレンガ造りや石造りの年季の入った住宅へと徐々にうつりかわる。住民のほうも風景の変遷同様何かがうつりかわっているように感じ、しばらくの間その直感的な何かの実体が自分でもよくわかっていなかったが、それは皮膚の色ではないかと、住宅がバラック然とした簡素なものへとうつりかわったあたりでふと思い当たる。もともと自分の宿舎があった町の中心部に白人ばかりがいたことに違和を感じていたこともあるのかもしれない。あるいは夜の闇がいっそう濃くなってきていることも関係あるのかもしれない。日本人である自分と似た黄色人種から、あさ黒い皮膚の人種、そして黒人へと住民の方もうつりかわっているように感じる。ここは有色人種ばかりが暮らす集落なのかもしれない。

……こえー

歴代白人たちに蔑まれてこの辺境で生活を余儀なくされている、という暗黒史が自分の中でできあがる。

……こえー

もうどれくらいの距離を走ってきたのだろうか。

……こえー

今まで走った最長の十五キロはあきらかに越えているだろう。

……こえーよ

すでに幾度となく心が折れかかっていたが、住民と目が合い睨まれていると感じたことで走り去る意識が高まっている。

……こえー

自分も本来有色人種の仲間ではあるが、日にもなかなか焼けない色白の体質なのである。

……ボール

すでにあかりの消えている民家の前に白くて丸いボールが置いてあり、やはりここもサッカー大国・スペインであることを思い知る。

……ここでも丸い

パスポートももっていないのに、道中何回かコンダクターの〝ポルトガル寄り〟という言葉がよみがえっていたのだ。

……そうだったのかもしれない

そして今はそのコンダクターと出会う以前の日本で知った情報が脳裏かどこかの部位によみがえってきている。

……自分たちを見下げる白人を憎んで

イギリスの植民地の有色人種の地域でボールは生産されてきたという情報である。

……白い皮膚をサッカーボールの革にして蹴ってきたんだ

そのような想像を働かせながら、体と同調して路地の間を走り去る。

……その白い皮膚には

四、五キロで集落は通過したようである。

……人間の皮膚も剝ぎとって使われてたんだろうな

風景や心境のどういった変化にも速度を変えずに淡々と走りつづけている体にゆだねてさらに一時間以上すすんでいくと、やがてこれまでとは質の異なる変化が訪れはじめていることに気づくようになる。住宅や住民そのものの変化ではない。一致団結するように集まっていた住宅の一軒一軒の間隔がひろがり、住民にもなかなか出くわさないようになる。次の一軒がなかなか見えてこない事態にしばしば出くわすようになった時には、ヨーロッパというよりアメリカの西部劇の舞台となるような荒野に自分の体はでていた。車道はとうに途絶え、石造りの住宅以来すでに一時間以上人家を見ていない。都市部からこの荒野に至るまでの変遷が比較的スムーズだったので、この荒野から次は砂漠になるのか、ふたたび人里が現れるのかと思いきや、ずっと荒野がつづいている。

……はらもへった

自分はいったいこれからどうなるのだろうか。

……のどもかわいた

声帯を通して出る言葉も単調になりつつある。

……もうだめだ

このまま野垂れ死ぬのだろうか。

……もうだめだ

やや俯きながら走る自分の視界にうつっている光景には月と星の光すらなく、ときどき自動車の音がする錯覚をおぼえる以外静かである。

……ここはどこだ

目の動きもコントロールできていない以上、視界にうつる情報には限度があり、目蓋の裏側を風景とうけとってしまうこともしばしばある。

……もう動けない

何故こうなってしまったのか。

……誰かむかえにきて

体の動くままにまかせすぎたのかもしれない。

……アルベルト

直近に出会った日本語が話せる人間という意味で、スペイン人コンダクターの男性の顔が肉親より先にうかんだ。

……かあさん

母親の次に父親の顔がうかびあがり、母方・父方の祖父母、友人、そして順位としてはかなり下の方でようやく彼女の顔もうかびあがってくる。

……もうだめだ

何故か〝東茂〟の顔もうかびあがる。

……もうだめだ

名古屋さんも舌だけうかびあがる。

……もうだめだ

この知人たちの顔をうかばせているスクリーンがわりの部位はいったい体のどこにあるのだろう。

……もう動けません

消去法でやはり頭部なのだとも思う。

……もう動けない

このような弱音をここ数十分吐きつづけているものの、体は依然と走りつづけている。

……もう走れない

とくだん速度が落ちているようにも感じない。

……寒い

それでもさすがに上体のブレは当初よりすくなくなり、山なりだったトレーニングパンツの地形もこの土地とようやく合致したかのように平たくなっている。

……のどもかわいた

肌の表面にふきでていた汗も今は完全にひいている。

……ひくまえに飲んでおけばよかった

具体的な時刻を知るすべはなく、夜のかなり遅い時間帯にあることしか察しがつかない。

……寒い

一番表面にある皮膚には意識がまだ宿っているのか、冬の冷えこみを正確に感じつつ、なおもその冷気を果敢に切っていく。

……夜明けをまてってことか

風景に何一つとして変容のないここでは、これまで普段感じていた一秒一秒の時間も、一秒一秒を正確に刻むルーティンワークをやめて運動しているようであり、たった一秒が数年のように感じる瞬間もあり、逆に重ための一秒のように感じる一時間もある。

……ぼくのほうが先にダメになりそうだ

実際に意識が遠くなるのをすでに数回味わっている。

……もうだめだ

もしかしたら今このスペインに来ていること自体が夢で、このまま意識を失うことで現実の日本にもどることができるとも思うことがある。

……もうだめだよ、ぼくは

しかし地面を一歩一歩踏みしめながら走るこの体の震動が、こういう時に限って意識を揺り起こし、現実はこちら側にあることを黙示しているのである。

……だめだ

朦朧としはじめているこの意識と体内で共鳴しているのは、右手のように感じる。

……だめ

握力があきらかに弱くなっているように感じる右手と心中するように、意識はさらに下降していく。

……だめだ

実際の声にしているのかもよくわからない。

……だめだ

意識は限界をつぶやきつづけているのだが、体がなかなか解放してくれないのである。

……だめ……だめ

体の方はかえって刻一刻と調子を上げているようにも感じる。

……だめ……だめ

実のところ独り言を吐きつづける自分にまで限界は伝わっていないようにも思う。

……だめ……だめ

すでに自分の何かが麻痺しているのかもしれないが、現在の状況から体の限界を察した独り言でしかないようにも思う。

……だめ……だめ

おそらく体の方は腹がへってのどが渇いているのだろうという憶測を根拠にして、独り言を吐いているのである。

……もうだめだよ

そしてその自分の体により添って独り言を吐く自分と、一個人の自分の体とは距離をおいて全体を俯瞰しようとする自分が分離しているように感じる。

……だめなんだよ

という独り言を吐く自分にもっていかれないよう、このようにできるだけ冷静に視野を確保しつづけようという意識が〝サッカー〟の訓練の賜物として自然と作動するようになっているのである。

……だめだよ

善と悪の自分といったよく耳にするものではなく、自分の体との距離のとり方によって二人が存在しているのである。

……だめだよ

〝フィールド〟全体の視野の確保という〝サイドチェンジ〟の問題が自分の能力の一番の問題なのである。

……だめ……だめ

敬語を使う余裕がないことはたしかな状況ながら、意識の働くかぎりは、いつ何時、とくに〝サッカー〟をしている状況の時には自分一人の状況に惑わされずフィールド全体を見渡して〝サイドチェンジ〟に留意するよう刷りこまれているのである。

……だめ

この意識そのものが〝サッカー〟の本質を見えづらくしているように感じて、単調な言葉を連呼するなどして意識そのものを飛ばそうとしているようにも思うが、なかなかそうはいかないのである。

……だめ……だめ

限界をつぶやきつづける意識とは対照的に体の方はかえって調子を上げているようにも感じる。

……だめ……だめ

いつのまにか地面には傾斜ができているようである。

……だめにさせてくれ

意識が落ちてくれるのを待ちつつ、徐々にきつくなっている地面の傾斜を体は果敢に登っていく。

……だめだって

平坦な道をやや俯いた姿勢ですすんでいた首も傾斜に合わせてもちあがり、視界ももちあがる。

……山

目にうつった視界に伴い、今度は意識もすこしもち直して、体の目的を了承する。

……山か

町中を走っていた頃までは遠巻きに視界にも入っていたように思うが、すでに見慣れた光景だったのでとくに意識はせず、ここ一、二時間は近づきすぎたことでかえって視界に入っていなかったのである。

……もしかして、あの山をずっと目指していたのか

事実ここ数時間は視界に入っていなかったと思うので、別の山という可能性もなくはないが、稜線にはきちんと茨を頂いている。

……まじか

星は消え月明かりのみが居残っている暗闇の中、得体のしれない獰猛な生物に出くわすこともありうるのに体は委細かまわず登っていく。

……すげえな

脳裏かどこかわからない部位にひさしぶりの単語がうかんだ。

……ポテンシャル

自分個人というよりヒトという生物の体は、意識が高を括る以上によく動くものなのだとこの期におよんで思う。

……てっぺん目指してんでしょ？

意識がひさしぶりに声帯をふるわせて感嘆している間も、体は軽快に登っていく。

……目指して登ってんでしょ？

繁りきっている木々の梢や葉を軽快にかわしながらすすんでいく。

……全然疲れてないじゃん
巨大な岩石が前方をふさいでいる時にも上半身を粘土のように変質させて柔軟によじ登る。

……やるなぁ
一度は疲労を感じた右手にも握力がもどってきているようである。

……これっててっぺんていうか頂上目指してんだよね？

とくに障害のない山道でも、妙なリズムの地団駄を踏んで何かをかわすような動きをみせる。

……ねえ
1・2・3・4・5・6・7・8・9というリズムである。

……ねえって、きいてます？

この山の自然とダンスを踊るような動きにも感じられ、大木を背負ってターンをしたり、木々の枝葉とタッチを交わして頂上を目指す。

……そういうことなんでしょ、これ？

飛び石づたいに軽快に川をこえてから、しゃがんで顔を水面につけ喉をうるおす。

……生き返るわー

という独り言が口をついてでる。

……生き返ったでしょ？

比較的ゆるやかな流れの川の水面には月がうつり、一時的に明かりが二つになる。

……何の実？　腹へってるけどやめとかない？

明かりが二つになったのは一時的であったものの、しばらくすすむとランプのように明るい木の実が大量に見え、１・２３４・５６・７８・９のリズムでもぎって食べる。

……うめえ

という独り言がふたたびきまり文句のように口をついてでる。

……うまかったんでしょ？

登りはじめてすでに二時間以上たっただろうか。

……けっこう登ったんじゃない？

実感としては二時間ほどだったが、今の状況において実感ほどあてにならないものもない気がする。

……なんで？

三十分ほど前からぱらついている雨により重たくなったのか、あるいは川の水を補給したことで掻いた汗を孕んで重くなったのか。

……なんで脱ぐ？

完全に立ち止まることはないものの、走る速度を落としながら、身にまとっていた衣類を一枚一枚脱いでいく。

……そんなに邪魔？

〝アディダス〟のトレーニングウェアとズボン、〝ナイキ〟のインナーシャツ。

……もしかして目印？

そして〝プーマ〟のスパイクシューズとソックス、最後はノーブランドのトランクスまで脱いで、道中に順々に落としていく。

……道に迷わないための？

体の本心はわからなくても結果として下山の際の目印につかえると前向きにとらえ、人間もいないようなので気にせず全裸のまま走りつづけた。

……もしかして漏らしていたとか？

脱いだトランクスの中までは視認できなかったので断定はできない。

……きもちいいんでしょ？

まとっている物をすべてとり去った体の爽快感が、こちらにも伝わってくるようである。

……ぼくもきもちいいよ
自分の意識と連動するように、肛門が呼吸するようにひくついているのがよくわかる。

……も・し・か・し・て
という言葉の間合のとおりに肛門もひくつく。

……もしかして
頭部ではなく、下等にあつかってきた部位にこそ意識は存在しているのかもしれない。

……もしかして

体内に唯一きちんと連動している部位のことを思いつつ、視界の雨足の光景も無視できない。
……雨強くなってきたよ
霧のようにも一時は弱まっていた雨足だったが、ふたたび強まってきているように思う。
……寒くない？
それでも豪雨のようにまではならない。
……服をとりにもどっていいよ
ある段階まで雨足は強まったところで、降る勢いに変化は見られなくなり、かわりに雨の形そのものに変化が生まれ、一粒一粒が空中できちんと区切られ、やがて鋭利なみぞれとなり、みぞれから雪と呼ぶことのできる牡丹状の固体に変化するまでは数分を要さなかった。
……寒い
とつぶやきつつも、体が本当に寒がっているのかは伝わってこない。
……大丈夫？
まつ毛にも雪が積りはじめているようで、心なしか視界が狭まっているように感じるが、体は視界の広狭にかまわず全裸のまま走りつづける。
……すげえな
走りつづける。
……すげえな
練習場をあとにして以来ある意味ずっと伴走してきた夜闇の空間の方が、徐々に様子を変えつつあるように思う。

……今何時なんだろ？

あるいは幻覚のようでもあるが、夜闇の濃度が若干薄まってきているように思う。

……朝がちかいのかな

それでもまだまだ夜の枠組の中にあると言っていい。

……ねえ、ところで

近くで見てみると実際は茨のようにまでぎざついていない輪郭の稜線が、ときどき視界の中にうかびあがる。

……帰りどうすんの？

頂上と呼ぶことのできる場所まではもうまもなく到達するだろう。

……ねえ

この実感三、四時間ほどの間でも数回あったことだが、ずっと暗闇ということもあり、登山というよりさらなる闇の底に沈んでいく下山にちかい感覚にさいなまれはじめている。

……帰りどうしよう

練習場の駐車場で今も待機しているかもしれないほくろが三つ横並びの白人の運転手の顔が、おそらく脳裏ではないのだろう場所にうかんでいる。

……帰りどうしよう

すでに意識の方は頂上に到達したあとのことを考えはじめており——今までの道のりをこれから引き返すのだろうか、はたして体はもつのだろうか、一応の食べ物も水もあるこの山で二、三日すごしてから下山するのか、あるいは捜索願いのようなものがでるのを待つのだろうか、日本からでるのは三ヶ月も先のことだろうか、誰がだすのだろうかといったことまで、つらつら反復して考えているうちに、体は実際の山の頂上に着いたようである。

……シカか？

深夜とも早朝ともつかない時間帯だと思う。

……もしかしてオオカミ？

ほかにもいくらか高い稜線があるのでここがこの山の正真正銘の頂上というわけではないのだろうが、この地点からだとこの山のむこうを見下ろすことができるので自分は一応の頂上とした。

……ウマ？

この頂上から一〇〇メートルほど下ったところに盆地のように平たい一角があり、数匹の四ッ足の生物の姿が見える。

……いや、やっぱシカだ

黒や茶や白や黄といった皮膚の色の生物が、四ッ足という共通項のもと一緒に存在している。

……とりあえず全員四ッ足だ

たまたまここにあそびに来たのか、ここで生息をしているのかはもちろんわからない。

……一、二

全員で屯してあそんでいるわけではなく、各々が自分の体と向き合い自分の一挙手一投足を楽しんでいるようである。

……三

あるいはこのような状況にある自分の目に、たまたまそのようにうつっただけなのかもしれない。

……四

生物たちが無駄な草を食べたことによるものなのかもしれない。

……五

一帯はフィールドのように自然と整備されている。

……六

この四方を山岳に囲まれた落ち窪んだ場所で飼育されている生物たちなのかもしれないという可能性を考慮しつつも、自分の体は〝フィールド〟に下りようとしているようである。

……七、八、九

宿舎にいる時からずっと見えていたこの山の先にこのような光景が待ちうけていたことを、体のほうもまったく予測していなかったようである。

……いや

足の指から手の指までが一体となって痙攣ぎみにふるえながら〝フィールド〟に一目散に向かう。

……八だ

その振動にあおられたかのように、目からは涙がこぼれでてくる。

……いや、やっぱ九

悲しいなどという感情はまったくないのに、涙がとめどなくでて視界がぼやける。

……九

月光が視界の中で棚びいて、特定のどこかの場所にいるという意識がいっそう薄くなってくる。

……九四

いや、月光ではなくすでに朝日なのかもしれない。
……九匹
午後六時半のクラブチームの練習からはじまったことを考えると、一日分とは思えない夜がようやくあけはじめ、山の陰に隠れていた朝日を見下ろすことができた。
……自分を入れて九匹
悲しいという感情は依然ないものの、この状況自体に自分の意識もどこか懐かしい郷愁のようなものを感じる。
……自分を入れて九匹
自分はここで生まれてここから巣立ってここに今戻ってきているのだという、日本以前の故郷のような感傷をこの状況におぼえつつ、八匹の四ッ足生物たちとともにあそぶ。
……地球は丸い
両手を地面について自分も四ッ足になる。
……地球は丸い
こういった体の動きを意識も了承して、今回の総括のようなことを独りごちはじめている。
……ボールも丸い
わざわざ声帯をふるわせて教訓めいた口調になる。
……地球を歩いたり走ったりすることは
自分たちはコロンブスが唱えずとも地球が丸いことを本能的に知っていたのだと思う。
……ボールを蹴ることなんだ

若干言葉足らずなことを自覚しつつも、〝サッカー〟の根源にふれた気になる。

……ボールを蹴ることは、地球とつながることなんだ！

自分がサッカーをはじめたことの理由を地球全般の事柄にまで拡大して強引につなげたことで満足する。

……つながっているんだ！

意識もろとも今の状況を楽しみはじめる。

……地球は丸い、ボールは丸い

1・2・3・4・5・6・7・8・9という体の左半分に負担が多い気のする奇妙なリズムをふたたびとって、ダンスのようなことをする。

……ぼくら人間も昔は四ツ足のヒトだったんだ

ときどきほかの四ツ足動物と体がぶつかる。

……手も足だったんだ

二本足で走りつづけることをようやくこの場で止め、自分も四ツ足にもどった。

……手も足だったんだ

思考回路も徐々に単純になっているような気がし、四ツ足であったという自分の根源こそが、これまでのすべての問いの答えのように感じられてくる。

何故自分はこの物事に一日を通じて最も多くの時間をさいているのか。

何故自分はこの物事に最も多くのお金をかけているのか。

何故自分はこの物事を無賃でやっているのか。
何故自分はこの物事をしているのか。
何故自分はこの物事をはじめたのか。

細かい正誤などはどうでもいいような気がしている。
……だからあかちゃんも〝蹴った〟なんだ
両手を地面につき四ッ足になったことで、頭部の位置が下がったことも関係しているのかもしれない。
……〝蹴った〟なんだ
全体を俯瞰しようとつとめる〝サイドチェンジ〟などという問題はどうでもいいことのように思う。
……〝叩いた〟でも〝突いた〟でも
乱暴でもいいからとりあえず総括を早くすませて、考えることからもすべて解放されたいと願う。
……〝パンチ〟でもないんだ
四ッ足の生物たちと何度も何度もぶつかり合いながら声を上げる。
……〝蹴る〟しかなかったんだ
笑い声とも鳴き声ともしれない喃語のような声である。
……これがサッカーなんだ
呼吸の呼息と吸息に合わせて、この山々の稜線のような起伏をつくり声を上げ合う。
……これがサッカー

外に存在する何かや誰かを呼ぶ声というより、自分の内なる何かや誰かを呼び起こすような声である。

……だから生物誰しもありえるんだ

呼吸の吸息時の比較的静かな間隙をつくようにして、この山々のどこかから突発的かつ物質的な音が鳴り響いた。

……ありえるんだ

銃声とたとえてさしつかえないほどの突発的かつ物質的な音で、その音そのものを獲物のように見立てて追撃する木霊音がもう一度鳴り響いた。

……ぼくはそこにたまたま落ちこんだだけのことなんだ

まさしく本物の銃声のように思う。

……誰だって自然と落ちこむことがあるんだ

サッカーボールの革につかう白い皮膚をとりにきたのかもしれない。

……生物誰しもの原点のようなものなんだ

あの有色人種ばかりが住んでいた集落には昔からこの山々に狩猟に来る風習があったのかもしれない。

……原点なんだ

しかし今の自分にはそのような人種や皮膚の色がどうのというような事柄には意識があまり向かず、独り言の方は猟銃とおぼしい銃声にすら言及しない。

……原点だからしょうがなかったんだ

かと言って独り言が強引にとりまとめようとするサッカーの結論めいたものにも実のところ乗っかりきれておらず、〝原点〟一点張りですべてをとりまとめようとする結論に、性急さと単純さを感じている。

……そう思うだろ？

何故独り言の自分はここまで結論を急いでいるのだろうか。

……そう思うだろ？

つねに体に寄り添って言葉をはっしてきた独り言である。

……そう思うって、言っておけ

一個人である自分の体から離れた俯瞰した存在であろうとするこちらの自分より、現在の事態をあるいは正確に把握しているのかもしれない。

……そう思うだろ？

執拗に返事をもとめる口調からして、〝サイドチェンジ〟を意識しているこちらの自分を早く消したいようにも感じる。

……そう思うよな？

〝サイドチェンジ〟という俯瞰した視点など、現在の事態においてあるいは必要ないのかもしれない。

……そう思うよな？

現在ここにあるのはただただ体の動きのみである。

……そう思うよな？

無理やりでも結論を共同でだしておかねば成仏できないといった口調にも感じる。

……そう思うって、言っておけ

結論に違和感を依然おぼえつつ、独り言の自分と一つの存在になってしまいたい自分もいる。

……そう思うだろ？

もう考えること自体が面倒くさいのだ。

……そう思うだろ？

そして一つの存在となった自分の意識と体が一つとなるのだろう。

……そう思っていたんだろ？

自分はずっと心の奥底でそれを故郷のように追い求めていたように感じる。

……そう思うだろ？

返事をせっつく合間にも喃語のような音がまじりはじめているので、返事をしようにもなかなかタイミングが合わない。

……バッバッバッヴァッヴァッバ

自分の中で落着したことで臀部全体が軽くなったように感じ、上にもちあがり、体の先端にあった頭部より前に前にすすもうとする。

……そう思うだろ？

そう思う。

……そう思うだろ？

そう思う。

……そう思うだろ？

そう思う。

……そうだろ?

そ・う・だ、と肛門も三回ひくつく。

……そうだろ?

そうだ。

……バッバッバッヴァッヴァッバ

銃声がすこしずつ自分たちにちかづき……バッバッバッヴァッヴァッバ……朝日もあらわれはじめて……バッバッバッヴァッヴァッバ……自分たちは追われるようにして……ボッボッボッヴォッヴォッボ……登ってきたほうとは反対の方角に……ボッボッボッヴォッヴォッボ……1・2・3・4・5・6……バッバッヴァッヴァ……7・8・9のリズムで……ヴァッヴァッヴァッバッバッバッビーッンワァッワァツァーントゥトゥトゥヴォッヴォッボッドォーン……四ツ足で駆け下りていく……ホッホッホッホッファッファッファッファッキュッキュエルーゥゥゥルルゥゥゥンッバッバッヴァッヴァッバッ……

# あカ佐タな

あ

すいません、あのぅ……と何かききづらそうに言ってくるので、いいですよ、なんでもいってください、というように声をかけたつもりになっていると、本当にそんな口調だったみたいだ。やっぱり、ほら、喋り方も、とぼそぼそつぶやいてから、とうとうたずねてくる。

「サスケに出ていましたよね？」

「さすけ？」

「ええ、あの」

あのがどのなのかもわからないが、そんな名前のものには出たことがない。

「でたことがない」ときっぱり答えつつも、口調の方はきっぱりしすぎないようにする。「そんざいもしらない」

「存在も？　本当ですか？」

「ほんとうだよ」

「本当ですか？」

「ほんとうだよ」

「本当ですか？」

「ほんとうだよ」

「本当ですか？」

「ほんとうだよ」

　というたえまない循環に堪えられなくなったのかもしれない。

「嘘だ」と相手の方がより画数の多い言葉を用いた口調になる。「視ましたもん、テレビで」

「てれび」というようになるべくこちらは発音し続ける。「は、もうみないようにしている」

「でも佐助には」という字をもしかしたらあてているのかもしれない。「出ていましたよね、エントリーナンバー七二か七三か」

「でていない」

「嘘だ」

　そんなに画数の多い漢字を用いた口調でいると、体の中も神経や配線が絡んだ状態になってしまうので、やわらかめに注意してあげることにする。

「そういういいかたはよしたほうがいいよ」〝ちゅうい〟といった所だろうか。「あなたのからだのためにも……」

「ああ、申し訳ありません」

というように軍式めいて頭を深く下げてくるが、本当にわかっているんだろうか？

「〝嘘〟は失礼という事ですよね？」漢字を書くようにすばやく理解しようとするから早合点もおこしてしまうし「相手に訊く時はせめて〝本当〟の方を使えと」

「……いや」

このように人違いもおこしてしまっているんだろう……何とかしてあげたいが、こればかりは自分でこえていくしかない道のりなのだ。

「でも本当に視たんですよ、ナンバーは間違っているかもしれませんが、貴方のような方が」

「……あなた」

「貴方のような喋り方ばかりだったかもしれませんが」

「……しゃべりかた」

「恥ずかしい事なんてありませんよ、１ｓｔステージを越えただけでも」

たしかに〝道のり〟は〝ステージ〟と表していいのかもしれないが
「すてーじ」というようにでも発音していかないと、この日本語という〝すてーじ〟をこえていくことはできない。「こえる」

ひらがなから学び始め、カタカナ、漢字、より画数の多い漢字へと習得していく日本語……

「恥ずかしいから、隠しているんでしょうけど、今度は是非２ｎｄも３ｒｄも越えて下さい」

どこかのタイミングで画数をへらしていかないと、体がもたなくなってくるのである。

「出場していることが恥ずかしいのかもしれませんが」もしかしたらこの人の体の方ももうもたなくなっているのかもしれない……口角という名の通りに角張らせている口のはしには細かいひび割れが

生じ、禁断症状のように高速でしばたたき、鼻をケイレンじみてまでひくつかせ「是非次回も頑張って下さい、捲土重来を」

　というような繁雑な四字熟語まで発してきている。

「けんどちょうらい」

「鍛錬を積んで再挑戦する、って仰ってましたよね？」

「たんれん」というのはどうやらわたしと勘違いしているそのイベントめいた存在の出場者が発していた言葉らしいが、本当にわたしが言うのだとしたら、そんなガチガチには発音しない。「さいちょうせん」

「ええ、そんな感じで仰ってましたよね？」

「そんなかんじ……うん……いや……まあ……」

　足をひき止められているのはわたしの方なのに、早くこの場をあとにしていきたいのは相手であるかのように、〝足〟さながら足もバタつきだしていて
「今持ち合わせのペンが、この鉛筆しかないんですが、すいません」〝口〟も三つあるようにまでなってきているが、一歩がなかなか前に出ていかない。「ここに下さい、サインを、お願いします」すでに〝木〟やら〝缶〟やらにこの人の体の中のエネルギーも蓋をされていて、過不足ない行動がとれなくなってきているのかもしれない。

「さいん」すこし前のわたし自身を目のあたりにしているようでもある……「なまえをとりあえずかけばいいんだね？」

　というように、とりあえず相手の話にこの場は合わせておいてあげることにし

「はい、御願いします」

わたしの方が大きすぎも小さすぎもしない一歩を踏み出してあげることにした。

「はい」〝歩く〟というよりやはり〝あるく〟つもりで、実際に〝あ〟よろしく丸みを描いた関節の動きで、公園の奥の建物の中に進んでいこうとする。「これでいいね？」

「〝松波〟？」

「ええ……まつなみ」

「体の方にばかり気を奪われて、名前は思い出せないままだったんですが」

「それでは、わたしはあのあるふぁべっとのようなかたちのたてもののなかに……」

「やっぱりこういう御名前でしたよね？」

## カ

自分の名前の中に〝木〟があることも緑陰さながら多少は影を落としているのかもしれないが、〝躁鬱〟という文字をもって診断された時、本当にこの通りだと思った。

「じのとおりですね」というように実際につぶやいていたはずだが、当時はもっと漢字まじりの発言だった。「本当に字の通りだ……目から鱗」

という熟語や成句も効率よく用いていたかもしれない……〝憶〟えるや〝覚〟えるようには今は緻

密に〝おぼ〟えていないので、大ざっぱな記憶ではある。

「躁鬱」

それでも正式な疾患名となる〝双極性障害〟よりも〝（）〟内の〝躁鬱〟の方が自分の眼球には焼き付いていて、網膜の血管そのもののように緩急をもって蠢いているくらいだ。

「躁鬱」

という字の形じたいが、当時の自分の体調をそのまま表しているようにも見受けられ
「原因は明らかになっていませんが、ストレスや遺伝的側面も」という医師の話の間中、ずっと躁鬱という文字の方にわたしは目を凝らし続けていた。「気分が高揚したり、怒りっぽくなったり、突然開放的になったり」

動きすぎている〝躁〟……

「その反動で物事に関心が持てなくなる抑鬱的な気分が続き」

まったく動けなくなっている〝鬱〟……

「そしてまた躁、鬱、躁、鬱、躁……と」

躁鬱の文字が室内にあったわけではなかったかもしれないが、眼球の上を〝⻊〟さながら這い回ってでもいたんだろう……診断書をもらいとりあえず休職させてもらった後も、その心療内科を数回訪れていたのである。

「……出して貰った薬をきっちり一日三回服んでいるんですが」

その数回の記録が診察券には残っているはずだし、お薬手帳にだって処方箋の記録が残っているはずだ。

「テグレ何とかという薬とラミク何とかという薬を」というカタカナ表記の薬は、単に画数を減らすだけの効能だったのかもしれない。「……服んでいると、確かに眠れるようには幾らかなってくるんですが、自分の身体が自分の物でないように……と言いますか、あれ、ジブンハイッタイナニヲイッテイルンダロウ……」

と〝脳〟の方も〝ノウ〟や〝ノー〟のように真っ白くなっていっている……

「頭が考えられなくなってキテイテ……心で思うコトモ……口で言うコトモ……力が入りづらくナッテイテ……」

〝木〟や〝缶〟の下に押さえつけられているエネルギーじたいが減らされているみたいで、躁のような反動は少なくなっている気がするんですが――まで言い切れたか……尻すぼみの口調で、服薬の中断を何とか申し出た時には、すでに医師は目の前にいなかった。

「……中心を〝白〟くされているようデモアッテ……〝薬〟の字ミタク……」

診察室どころか、もしかしたらすでに病院の建物じたいをあとにしていたかもしれない。

「〝楽〟しいって字の真ん中も〝白〟だったんデスネ」

という独り言になっていたんだろう……言葉を発しながら、提携の薬局やドラッグストアの横も通り過ぎていく。

「字っていうのは本当によく出来ているモノダ」処方箋の紙はまた受けとっていたかもしれないが、一、二週間分の薬までは再度受けとることなく、そのまま早歩きで進んでいっている……「本当によく出来ている、ホントウニ」

薬の中断を訴えたことじたいが躁の一症状のようでもあるし、普段は止まっているはずの文字が状況を表して映ってきているのも鬱の一症状かもしれない……

「ウン、うん、ウン、うん」

とうてい歩いて帰れる距離ではないはずだが、バス停や駅やタクシーが停車しているロータリーもこえていく。

「ウン」手と足の動きが重なったり、股が開いてしまったり、肩がいかってしまったり……「うん」

自分の足で歩くことはほとんどなくなっていて、休職前の通勤も電車で、退勤時にはタクシーにも乗り、土日祝日は遠方への営業に新幹線や飛行機にだってよく乗っていた。

「うん」

〝足〟さながら着かなくなっていたのかもしれない地から自身の〝足〟をとり戻していくようにも感じられてくる歩調である。

「ウん」

早歩きじみていた足どりも、少しずつ落ちついてきている……

「マあ」という独り言の方も少しずつ落ちついてきているが、まだ二つくらいだろう……「モう、イイや、ショウがない」

一つの〝口〟にまで落ちついていっている自覚をもったのは、もう少し後のことであり
「会社、カイシャ、かいしゃ」

さすがに一度自宅に戻ってからのことかもしれないし
「辞めよう、ヤメヨウ、やめよう」

そのまま途上のコンビニエンスストアで封筒と便箋を購入して、手でしたためていたかもしれない

……

「タイショク」

手の方は依然として出力のコントロールがうまくいっておらず「たいしょく」と読み上げる口よりもぎこちなく、〝鬱〟の中のいくつもの点々のように指が震えていた。「とどけ」

# 佐

「退職届？　はあ？」ときき返す語にも〝破亜〟という漢字でもあてていいのかもしれない。「ぶるぶる震えた字で読み辛えよ」

すべてが漢字のようにもきこえてくるテキパキした口調にたいして、わたしの方はだいぶ落ちついてきているはずで

「もうこのままたいしょくさせていただくことにします、いろいろとおせわになりました」

という発言の途中には、私服で突然会社に押し掛けて来て、ぶるぶる痙攣した手で刃物でも突き出して来たのかと思いきや――という上司の早口も挟まっていたはずだが、わたしの方はすでに〝たいしょく〟に進んでいっている。

「今までの苦労や出世が全て水の泡になるんだぞ」という程の重たい意味は持ち運んでいない〝たい

しょく〟だ。「零に逆戻りになるんだぞ」

「ええ」

「江江って」

もとは〝退職〟という字体さながら重く面倒にもとらえていたが
「上司の俺の前では猫を被って大人しい癖に、部下には怒鳴り散らして、苦情や相談が俺の所にも」

〝休職〟から〝キュウショク〟、さらには〝きゅうしょく〟への道のりをへつつあるんだろう……以前よりは軽く感じながら「病院に行けよって冗談を言ったら、馬鹿正直に行って、休職を申請して来るし、可笑しいと思ってたよ」

「それではみなさんもおからだにはくれぐれも」

というあんばいの言葉を残して、そのまま歩き去っていく……社内でも足を止めている実感はなかった。

「失業保険もそう長く貰えんし、この御時世だから次の仕事も簡単には見つからねえ空無」

このまま次は〝てんしょく〟の方にでも進んでいくのだろうか……とでも悠長に考えながら「てんしょくかな」そして口にもしながら、会社の前の交差点もこえていく。「でもまたかくすうが……」

常用外漢字のように繁雑な陸橋付きの交差点であり、その先には交通量の多いビルの並び、人通りの多い繁華街もまだ続いている。

「さいごにくびっていってなかったかな……」

〝首〟という言葉もさきほどの上司の発言にはあったように思い返しながら

「いや、まえだったかも」

唯一の教訓のようにも思い返しながら、首そのものや足首・手首にもひらがなじみた丸みをもたせていく。

「まあもうどっちでもいいや」

ロボットというカタカナのようにはなるべくカクカクもしない。

「どっちでも」という口だけがひらがなになっていっても、〝躁鬱〟からは逃げきれないように、ビルのすき間もすり抜けていく……「とりあえずこのまま」

自分自身が血管のように、繁華街のすき間の路地もすり抜けていく……体内を進んでいくようにも感じながら、横断歩道を渡り、地下道をくぐり、トンネルも抜けていく……

「すすんでいこう」

片道五、六車線はあったはずの道路の方も、今ではセンターラインの有無もあいまいな一、二車線ばかりで
「ゆるめていこう」

ひらがなのように甘いカーブの道路も増えてきている……〝道路〟の輪郭をぼかすような雑草もちらほら路肩に見える。

「あるけるところまで」

人目が少なくなってきているんだろうし、実際に血の巡りも良くなってきているんだろう。

「あつ」〝暑〟か〝熱〟かの使い分けが難しい漢字ではない音を吐息と共に漏らしながら、いつのまにか上着のジャンパーも脱ぎ出している……「ふう」

〝風〟という漢字からも脱していくような音を発しながら、ぬるい風を実際に受け、下のカーディガンも脱ぎ去っていく……

「ふー」トレーナーも脱ぎ去っていく……いったい何枚の服を身に付けていたんだろう？「ご、ろくまいくらいかな？」

道路の方もよけいな服を脱ぎ去っているかのように、もとの緑に還っていっているみたいだが

「ん？　だれのこえ？」いくら何でも緑が多すぎないだろうか？「まてえ？」

というようにきこえる声を発しながら、虫捕りや川遊びをしている子ども達の姿も視界に入ってきている……

「おちてこーい」〝木〟を蹴ってカブトムシやクワガタを拾ったり、〝缶〟を蹴って遊んだり……「もうけったよー」

もしかしたらここは公園かもしれない。

「つぎはぼくがおにだー」

〝園〟を囲う〝口〟もゆるんでいるように出入口のあいまいな公園で

「まてー」

口だけでなく、自分の心の方もゆるくなってきているのかもしれない……恥じらいをとくに覚えないまま備え付けの鉄棒や雲梯にぶら下がっているが

「きつ」長年の運動不足もたたっているんだろう……すぐに落ちてしまう。「むり、むり」

もともと自分の体はこんな感じだったかもしれない……〝おぼえる〟ように覚え始めているから忘れていただけで、学校の体育なども成績が悪かったかもしれない。

「こんなかんじだった」

ひらがなを覚えたての頃の体に戻るだけでは〝足〟りないようにも感じながら

「こんなかんじ……」実際に〝あし〟の字形さながら関節を曲げて粘ったりもするが、やはり落ちてしまう。「かんじ」

鉄棒や雲梯を握る手の方がまだ〝た〟りないんだろう……

「たりない」力が単に足りていないのか、よけいな力が入ってしまっているのか……「よけいなちから」

というように落ちついて独り言を吐ける口にはまだなれていないようだ。

「くち」

隅々までつながっていこうとする血管そのもののように感じられてくるくらい、鉄棒に全身をくっつけ続けていると

「けっかん」

ぶら下がっていられる時間の方も少しずつではあるが確実に増してきている……〝こうえん〟のように馴染んでくるくらい自宅との往復もいつのまにかくり返す。

「じたく」

自宅の延長にも感じられてくる頃には、鉄棒の上に顔を出し続けることだってできているし

「あのたてもの」

公園の中にあるのか外にあるのか……当初は漢字のように厳つく映っていた建物の中まで見据えられている。

「はろお」〝破露雄輪亜苦〟というようにおどろおどろしく蠢いていた外観の建物である……壁を這う蔓や蔦に巻きついてしまうようでもあって、なかなか直視できずにいた。「わあく」

　目も口のようになってきているんだろうか？

「め」いっとう高い鉄棒の上から見据え続けていると、そう複雑でもないのかもしれない。「そうでも」

　少なくとも前の職場のようには混み入っておらず、上から俯瞰し続けていると、人の形も物の形も案外シンプルだ。

「ふかん」

　カタカナやひらがなよりシンプルに映ってくるくらいで

「えー、しー、いー」アルファベットのようにだって映ってくる……〝a〟や〝c〟や〝e〟あたりだろうか。

「かくすう」

　よけいな画数は体内にとり込む食事の面からへらすようになっていて

「しょくじ」

　薬同様なるべくとらないようになっている地点から、必要な栄養素のみをとっていく地点にまで振り切れていっているようでもあるが、これも鉄棒による振り子だろうか？

「ふりこ」

　はたまた〝双極〟の方はたえず続いているように、とっている自身の行動が〝極〟端に感じることもままあるが

「そううつ」という同じひらがなで今はつながりつつあるんだろう。「そ〜つ」

という〝〜〟じみた躁と鬱の波も、以前よりなだらかになってきているようであるし

「そーつ」

という直線にまでなりつつあるのかもしれない一本の循環に乗ってくれるまじり気のない天然水や、血液そのものになるタンパク源の肉・魚・卵・豆腐……ばかりをとっている。

「たんぱく」

けっこうな額にもなってきている三食なので、そろそろ次の〝道のり〟に進んでいくことになるのかもしれない……

「みちのり」

経済面でのトレーニングを課してくるようでもある高価な〝プロテイン〟も、違和のない味に感じられてきた所で

「すいません」と声をかけられたのである。「あのぅ」

水に溶かしただけの〝ぷろていん〟を飲み干し、ひらがなしか用いていない脳そのもののように浮き出た大粒の額の汗を拭きとってから、わたしは返事をする。

「いいですよ」相手の足も口も落ちつかせるようなひらがなで。「なんでもいってください」

すでに相手の方は〝躁鬱〟という文字にからめとられているように冷静さを欠いている口調だったはずだが

「さすけにでていましたよね?」というように、今のわたしがひらがなで思い返してあげられている。

「ええ、あの」

〝思い返す〟動作を司っている脳や心の方でも、ひらがなを徹底できるようになっているのだろう。

「そんざいも？　ほんとうですか？」という言葉も、たしか当時は漢字としてきこえていたはずだ。

「うそだ」

相手がいくら漢字で言ってきても、ひらがなに聞き換えることのできる耳にまでなってきているのかもしれない。

「ああ、もうしわけありません」あとは、この手だ……「ここにください、さいんを、おねがいします」

タ

アルファベットの〝SASUKE〟が正しい名称であることを、建物の中に設えてあったパソコンを借りてようやく把握したものの
「あるふぁべっと」この建物の方も〝HELLO WORK〟が正式なのかもしれない……ハローもワークももとはこの国の言葉ではなかったはずである。「はろーわーく」

国語以前に還っていっているようにも、マウスと共にSASUKEについての情報をさらに掘り下げていくと、どうやら二〇年以上前から始まっているらしい。

「さすけ」

年に一、二回程度の不定期放送だから、わたしの視界には一度も入ってこなかったのだろう……

いったいどこまであるのか不安になってくるくらい長いサイトのさらに下部には、動画が再生されそうな矢印付きのボタンも遊具の一つじみて設置してある。

「ぼたん」という口さながら、手も動き始めてはいるのだろう……化学調味料や人工甘味料を安易にとり込んでしまうようでもあり、いつのまにかニュースも視なくなっていたテレビである。「てれび」

落ちついた1クリックのみですでに再生してある動画には、公園にあった鉄棒や雲梯めいた遊具類もたしかに見受けられる。

「ゆーぐ」

〝カ〟じみた形をしたトランポリンや、〝佐〟さながら〝人〟が〝左〟からぶら下がり滑り下りていく遊具？　障害物とも呼んでよさそうな物まで見受けられる。

「しょーがいぶつ」

その先の〝タ〟めいて反り立っている壁をこえた高台が、1ｓｔステージのゴールのようである……ステージは2ｎｄ、3ｒｄと続く。

「すてーじ」

カタカナや漢字じみた障害物を前にしても、急ぎすぎず・立ち止まらず――ひらがなのように進んでいかないといけないのだろう……一〇〇名いるという出場者の内の実に九割近くがこの1ｓｔステージでリタイアしている。

「りたいあ」

定員の一〇〇名に選ばれるだけでもたしかに相当であるように、スタート地点で見せている準備体操には〝あ〟さながらの柔軟性があり

「ぜったいにごうるするぞ」というようにでも意気込みを開陳しているのだろう口の動きにも、よけいな力がこもっていない……スポーツを生業にしている人はごくわずかで、大半はスポーツとは縁遠い仕事に普段就いている人ばかりのようである。「さいごまでたのしみます」

というようなひらがなでも用いているのだろう。

「ゆめをかなえます」

自身の体を思い→想い→重いと受け止めて〝おもい〟、あえてひらがなを用いているのだろう……今のわたしにはよくわかる。

「ひらがな」アスリートともたしか呼ばれていたはずのスポーツ選手たちの発言を、かつては単純なども小馬鹿にしていたふしもあるわたしだが、今はよおくわかる。「あすりーと」

全身を巡る血行のみで十分ということだろう……身に付けているのはタンクトップのみで——今のわたしと同じだが——デザインの方は異なり、無駄のない単色ばかりである。

「たんくとっぷ」良かれと思っていたはずのVネックの縁取りの赤がかえって着色料のようによけいだったかもしれない……SASUKEのサイトを最下部まで見終わったら、通販サイトに移ろう。

「さいと」

男性と女性にはそれぞれべつの時間制限が設けられていて、九〇秒・一三五秒とさほどタイトには感じないが、〝あいうえお〟のような速度では遅すぎるかもしれない。

「たいと」

一歩一歩着実に歩を進めつつも、タイムアップを迎えてしまう出場者もちらほらいる。

「たいむあっぷ」

〝あかさたな〟くらいの速度でないと、クリアーするのは難しいかもしれない……１ｓｔステージはぎりぎりこえられても、２ｎｄ、３ｒｄではさらに厳しくなる。

「くりあー」ゴール地点の高台で〝な〟さながら諸手を挙げて喜んでいる出場者もいるが、ステージはまだ続いていく……「ごおる」

２ｎｄ、３ｒｄをこえられても何にもならず、最終のＦＩＮＡＬまでクリアーしないと、賞金を得ることはできない。

「ひゃくまん」

という額が、次の給料じみてだんだん感じられてきているが
「きゅうりょう」以前のような仕事とはあきらかに異なっている……どんどんシンプルになっているのだ。「てだけではいのぼっていく……」

という情報にまで進んでいっているこのパソコンの音量ははなからミュートに落としてあるため、出場者たちの声や会場の音響まではきこえないままだが
「あのですね」次の仕事にまで進ませることが建て前のこの場にはふさわしくない映像とでも判断されたのだろうか？「かんけいのないじょうほうはけんさくしないように」

というような注意を後方の受付に腰かけている職員――一〇〇名の定員にも入れなそうな人間から受けてしまっているが、どうだろう……

「ここではおしごとのみのじょうほうを」かえって前進させる言葉のようにもきこえてきている……

「しごとですか、それは？」

たしかに〝仕事〟なのかもしれないし

「……しごと……」

〝ステージ〟なのかもしれない。

「すてーじ」

〝すてーじ〟だろう。

「すてーじ？　はい？」

いや、そろそろ〝ｓｔａｇｅ〟に進んでいかないといけない……ＦＩＮＡＬはたった一本のロープを上空二十五メートルまで登っていくｓｔａｇｅである。

「ぶつぶついっているそのひとりごとも、まわりのかたのごめいわくになりますので……ん？」

よけいな画数を書いていては間に合わない……四十五秒というさらに短い時間制限が設けられている。

「あれ？」

２ｎｄ、３ｒｄ、ＦＩＮＡＬと進んでいくにつれて、こじ開け、ぶら下がり、掻き分け、持ち上げ……と、この手を体の先頭にして進んでいかないといけなくなっている……

「すみません」

この手で体全体を引っぱっていかないとゴールはできない……

「もしかして」

この国の公園ではついぞ見かけなそうなアルファベット型の障害物を、筆記体さながらこえていかないと間に合わない……シンプルな分だけ、手により負荷がかかってくる……

「まさか」もはや記号かもしれない……「ほんもの」

パソコンを前にしたまま、〝ａ〟のように足を組み続け、左手には〝＋〟状のマウス、右手には〝、〟状のペンを握り続けているこの〝な〟の座位のままでも、２ｎｄと３ｒｄは何とかこえていける気にもなってきているが……

「ここでおあいできるとは」ＦＩＮＡＬは絶対に無理である……さらに〝｜〟のようにしていかないと……「こちらこそしごとちゅうにすみませんが」

インターネットの回線もそのままロープさながら登っていくように、過去の大会の動画も遡っていっている……

「いっぴついただけませんでしょうか？」

〝ＳＰＯＲＴＳ・ＥＮＴＥＲＴＡＩＮＭＥＮＴ〟というジャンルに属しているらしいこのＳＡＳＵＫＥに、少しずつ聞き覚えも生じてきていて

「さいんを」もしかしたらわたしは本当に出場したことがあったかもしれない……「ふぁんなんです」

１ｓｔステージのみをクリアーした回もあったかもしれないし

「そのぺんのままでけっこうですので」

２ｎｄ、３ｒｄどまりだった回もあったかもしれない……

「すみません」

完全制覇をなし遂げたことのある四名の内の一名というのも、わたしのことかもしれない……松波……マツナミ……まつなみ……ｍａｔｓｕｎａｍｉ・―・―・――――

「どうもありがとうございます」

〝おぼえる〟ように覚えているからいけないのだろう。

「ああ、やっぱり、さいんも」

せめてｏｂｏｅｒｕようにしないと……

「……ああ」上がっているのか……下がっているのか……「……やっぱり」

一度習得した文字をなかなか〝手〟離せなかったのだろう……

「……さいんも」

という口のように、ようやくこの手の方でも漢字とカタカナを離し
「いめーじどおりです」

かんじとかたかなをはなし……

「いめーじどおり……」

ひらがなもそのままあとにしていこうとする……

「ひらがななんですね」

ｈｉｒａｇａｎａ
「やっぱりてのきんにくもすごいんですね」

ｔｅ
「このまえのたいかいもすごかったですし、ぱんちｇａ」

ｐａｎｃｈｉ
「なかなかたいかいがないから、たべていくのにたいへんなんですね、かくとうかｍｏｒｅ」

ｋａｋｕｔｏｕｋａ

「つぎのけいわんのたいかいはいつなんですcar?」

〝「」〟―toiu―kigou―karamo―te―wo―hanashi――――――――……

けいわんdeath―you

keiwan

K―1―toiu―〝1〟―karamo――――――――te――――――――e―

―――――――0――――――――――――――口――――――――――――――――――――

―――――――――――足

# 王国の行方

## ――二代目の手腕

「へえ、へえ、へえ」

というような人とはあまり関わりたくない。

「へえ、そうなんすか、へえ」

きっと適当な人なんだと思う。

「へえ、あぁ、へえ」

あまり物事を深く考えようとせず
「ほう、へえ」

相手の言葉も軽んじてくる。

「へえ、あぁ、そうなんすかぁ」

せっかく皆で盛り上がっているというのに
「へえ、ふーん、へえ」

というような返事をくり返している人がいると、興もさめてくる。

「ははは」

現在の仕事のこと、出世のこと、住居のこと、家族のこと、こどものこと……

「はぁ、はぁ」

きれいな囲いをつくって皆で盛り上がっていたというのに
「へえ、へえ」

というような返事をくり返す一人がいることによって、囲いの四角もほつれてきているようである。

「ほう」

いったい誰の口だろう？

「ほぉ、ほぉ」

本当に適当な人だと思う。

「すごいっすねぇ」

こんなに適当な大人になっている人がいるなんて……

「ねえ、ねえ」

この人も自分と同じ年なんだろうから、きっと四十歳近くになっているんだろう。

「あぁ、そう、そぉ」

もしかしたら誰かが連れてきたこどもの声なんじゃないか？　というくらいだが
「そぉなんだぁ」

視線をらせんさせながら下げていっても、こどもの姿はない。

「すごい、すごい」

いったい誰の口なんだろう？

「すごいなぁ」

さらに下げていっても、スラックスの裾やストッキングに視線が巻きついてしまうだけだ。

「へえへえ」

このような人は服装もきっと適当なんだろう。

「まじでぇ、まじすかぁ」

ジャージやジーパンのような裾を探してみるも、やはりまわりには見当たらない。

「やるなぁ」

もしかしたら、すでにこの四角をあとにしていっているのかもしれない。

「なぁ、なぁ」

話題どころか、言葉そのものからも逃げているような口調になってきていて
「ナァ、ナァ」

もはや〝適当〟というより〝テキトー〟だ。

「ナー、ナー、っすよぉ」

すべて他人事のように返して
「こっちはぁ」

自分自身のことは一切しゃべろうとしない。

「ほんとにぃ、言うほどじゃないっすってぇ」

言葉ですらなくなってきているようでもあって
「てぇ、てぇ」

一音一音の境界もゆるくなってきているようにきこえる。

「まじでぇ～」

こどもどころか、筋肉がほとんどない赤子の時期に戻っているようにもきこえてくるし
「えぇ～」

いち早くボケはじめているようにもきこえてくるくらいになった所で、自分も一度この囲いから離れることにした。

「すっごいなぁ」

あまりにもテキトーすぎるのだ。

「なぁ、なぁ、なぁ」

まわりの皆はそれでも家庭やこどもの話を続けているようなので、注意できるのは今は自分しかいないのかもしれない。

「へえ」

この〝囲〟いという漢字そのもののようにかっちりした形を口でつくって、ちょっと失礼します
――と一言断ったつもりだが
「へえ、へえ、へえ」

きちんとまわりには届いていなかったかもしれない。

「へえ、ふーん、へえ」

というテキトーな声に邪魔されているのかもしれない。

「へえ」

ボリュームじたいはそれほど変わっていないように感じる。

「ふーんぅ」

というように音の足跡じみた余韻をいっそう感じるようになってきている……

「んぅー」

方角としてはきっとまちがっていないんだろうが……

「んぅー」

という音を追っているうちに……

「うぅー」

自分の言葉の方も導かれ……

「ぬぅー」

まとまりを欠くようになってきている気がする……

「ぬぁー」

自分が〝自分〟をあとにしていっているようにも感じられ……

「あぁー」

早くつかまえないと、自分のこの心や頭の言葉の方も危ない気がする……

「うぁー」

引きのばされていってしまうぅ……

「むぁー」

薄まっていってしまうぅー……ようにも感じるので……

「むぅー」

〝受〟という字の形そのもののように足をくんで座っている出入口付近の女性に……

「うぅー」

思いきってたずねてみる……

「んぅー」

いったい誰の……

「ンゥー」

口なんですか……

「ンゥー」

このテキトーな口はぁ……

•

ここまでテキトーな口は誰かが言ってあげた方がいいんじゃないですか？ 注意してあげた方がいいんじゃないですか？ 直してあげた方がいいんじゃないですか？ 今後のこの口のためにも……という言葉まで言おうとした時には、次の〝付〟という字の中の〝、〟さながら、一笑に付されている……

「付」と実際に声にだして笑われたようだが、漢字のつもりまではないのかもしれない。「ふ」どちらにしても歯切れの良い音ではあるので、この人の口ではないのだろう。

「何言ってんのよ、まったく、付ざけてんの？」

「……付？　ふ？」

「キョロキョロしながらこっちに近づいてきたから、何の話かと思いきや」

それでもこの〝受付〟が言っている言葉の意味の方には、今ひとつピンと来ないままである。

「いったい誰の口なんですか？　って」言っている言葉の形は〝付〟や〝ふ〟のようによくわかりはする。「本当にあぶない人かと思っちゃったわよ」

きちんと形を保てている音？　言葉？　だということはよくわかるのだが……

「その口でしょ」

「……その」

その？

「あなたの口でしょ？」

「……あなたの」

あなたの？

「ネコくんの口でしょ」

「……え？」

ネコくんの？　というこちらのニックネームらしき言葉の方にぴんと来ないだけであって、さすがにここまで重ねてこられれば何となく理解できるようにはなる……

「へえへえへえ言いながら、これ誰の口ですか？　って、ネコくんの口じゃない。ほんと適当」まで言われてしまう。「さすがにここまで適当だった？　ネコくんって」

「……適当」

というように、ここでもただ反復するだけになってしまっていたのだが

「テキトーじゃなくて、テ・キ・ト・ウ！　あたしが言ったのは」矯正までされようとしている。

「何なのよ、そのしまりのない口調は？」

「……いや」

「い・や」

かつてこのように言葉を習得させられた気にもなってくる……

「YEAH？　いきなり英語？　ラップ？　おちょくってんの？」

と〝受付〟にしては、ずいぶん馴れ馴れしい口調でもある。

「ネコくんって、たしかにみんなに流されやすいタイプの適当な男子だったと思うけど、口調までこんな……」〝受付〟の名前を与えられているだけで、この人もきっとかつての同級生なんだろう。「大丈夫？」

はっきりと思い出せない点では、さきほどの四角い囲いを作っていた皆と同じである。

「アルコールはまだ出ていないでしょ」

頭の上の方でも宴が催されているようにやたらキラキラしていて、目のあたりでもマスカラやらアイシャドウやらが小さい瞳をあおってどんちゃん騒ぎをくり広げている。

「ほんとにもう」

頬のあたりも紅白まんじゅうのようにチークとファンデーションが……というように容赦なく喩え続けられているからには、かつての気のおけない同級生の一人ではあるんだろう。

「そんな汚いズボンはいちゃって」と女性の方からも遠慮なしに強めの言葉を重ねてこられる……

「チノパン？　作業着？　会社のユニホーム？」

それでもジャージやジーパンではないはずだ。

「汚れてるじゃない、そこ、ここ、そこも」

「……汚れ」きっとバスの車内で付着したものなんだろう……「……いや……」

バスの料金の安さに困っているのかもしれないが
「今どこ住んでんだっけ？」

「……関東の方」

「カントーって、またテキトーみたいに言っちゃって」

「……え」

「新幹線？　車？　飛行機？」バスとはなかなかきり出せない……「あぁ、飛行機だとかえって遅くなるか、空港遠いし」

相手の方で結局ひとりでに納得してくれる。

「そりゃ新幹線よね」

新幹線さながら呑みこみの速い人だと思う一方で、自分の方はまとまりを欠き続けているみたいだ……

「でもまさか、ネコくんが出席してくれるとはね」

　相づちを打つので一杯いっぱいだったり……

「……うん、まぁ」

「一〇周年の時も来てなかったでしょ？」

　自分の方の言葉は言いきれなかったりもする……

「……一〇周年のと……」

「一五周年の時も来ていなかったよね？」

　自分の発音が遅くなってきているんだろうか？

「……一五し……」

「なんで今日はわざわざ関東から来たの？」

　たしかに何のために今日自分はここに来ているのだろう？

「……えっと」

「卒業してから初参加じゃない？」

　わざわざバスに七時間ちかく揺られてまで……

「……うん、たぶ……」

「二〇周年の時もいなかったでしょ？」

〝夜行〟の付くバスで、ほとんど寝つけなかったこともあるのかもしれない……

「……二〇……」

「なんでこの二五周年になって初めて……誰かに会いに来たとか？」

　記憶がほとんど形を伴ってこない……

「……どうだろ……」

「アルペンとクロカンはどのグループに入っていた？」

　という単語には時々ピンと来たりすることもあるのだが……

「……アルペン……クロ……」

「誰と一緒にいることが多かった？」

　たしかここはよく降っていたはずの雪のように一片一片に反応があるだけで……

「……さあ」

「さぁーって、また適当に」

　全体の記憶の形には結びついていかない……

「……いなかったんじゃ……ここには……」一片一片の雪によって、かえって全体が見通せなくなっているようでもある……「……一緒にいる子なんて……」

「そうそう、ネコくんってもとは転校生だったよね？」

〝アルペン〟と〝クロカン〟という二つのスキーの授業があったことは、きちんと記憶しているが……

「……うん、ま……」

「最初から最後まではいなかったよね？」

　どこまでがアルペンで、どこからがクロカンだったかは分からなくなっている……

「……う……」

「卒業はここでしたんだっけ？」

途中から始めたので、周りに追いつくのがどちらも大変だった気がする……

「……まぁ、一応こ……」

「あたしがネコくんについて憶えていることと言えば」

父親の仕事の都合で二、三年おきに転校をくり返していたのだ……

「……うん」

「ヒロちゃんとのことでも、テッチャンとのことでも、ケツカッチンとのことでもなく」

「……はい？」

「ごめん、やっぱあの子とのことかな」

「……あの子……」

あの子？

「ほら、ネコくん、陰でつねったり、はたいたり、パンチしたり、圧したりしてたんでしょ？　あの子のこと」

「……はい？」

「ほら、ネコくん、いじめてたじゃない、あのコのこと」

あのコ……というようにも響いてくる。

「……コ」

「あたしは直接見たことないけど、バレちゃったんでしょ？　先生に」

先生？

「……いったい何の話を……」

「この体育館じゃなくて」

　体育館？

「……たいい……」

「教室の方でみんな立たされたじゃない？」

　教室？

「……立たされた？」

「あのコの手か腕が赤くなっていて、泣いていて……学級の時間で」

　学級の時間？

「……ちょっと何のはな……」

「犯人が名乗り出てくるまで下校させないからって……みんな大なり小なりあったと思うけど……一番はネコくんだったから……でもネコくんは、そんなつもりなかったです、ぼく、とかシラバっくれちゃって」

　ぼく？

「……ぼく……」

「〝ぼく〟じゃなくて、〝オレ〟はやってません、とかだったかもしれないけど」

　オレ？

「……オレ？」

「〝オレ〟じゃなくて、〝わたし〟はいじめてません、って先生の前では利口ぶっていたかもしれないけれど」

わたし？

「……いやいや……」

「もしかしたら〝わたし〟ではなくて〝自分〟は、だったかもしれないけど、結局先生にバレて」

バレて？　自分？

「……自分……」

「ビンタされちゃったじゃない……」

「……いやいや、自分がいじめていたなんて、ありえ……」

「ネコかぶってやがったな、って、〝ネコくん〟にダジャレみたく掛けて怒られたじゃない？」

ネコくん……

「……いやいや、ちょっとまってよ、そんなこ……」

「ネコくんでしょ？　ネコキユタカくんでしょ？」

ネコキユタカ……

「……いや」

「またＹＥＡＨ？」

「……いや……キじゃなくて」

「はぁ？」

「……ギだ……」

「あぁ、そうだったっけ？」

「……と思うけど……」

転校をしていたのは自分のせいのようにも沈んでいきながら、猫木豊は赤黒い外へと出ていく……口から出ていくのではなく、またどこかに入っていくようにも感じられ、喉のような色にも感じる。青いビニールが敷きつめてあった体育館の内側からはそう夕焼け空が映っていたが、二五歩、二六歩、二七歩……実際に歩を進めていくと、そう赤黒くは感じない。体に入ったことはないので、そういうものなのかもしれない。〝二五〟からおのずと数えていっているのは、さきほどの二五周年という数字に意識がきっともっていかれているせいなんだろう。

「五ジュ、ジュ、ジュ」

二五以前にあまりかぞえたくない数字があったせいにも感じられてきたのは、五〇歩目に進んだ所で

「ジュ、ジュ、ジュ」うまく口から出てこなくなっている……「ジュ、ジュ、ジュ……」

そもそも口の方でも歩数をつぶやいていたことに少々驚いている内に……

「ジュ、ジュ、ジュ……イチ」

結局〝五〇〟はとばして、カウントを再開している……

「五二、五三……」きっと言葉より数字の方がいちいちひっかからずに済みそうとでも感じていたん

だろう。「五四、五五、五六……」

鼻歌や口遊びのようにも発しながら、歩を進めていく……帰りのバスの発車までには、まだ四時間以上あるのだ。

「五七、五八、五九……」

これから〝テッチャン〟のお姉ちゃんが営んでいる居酒屋に移動して二次会を催すのだと皆は言っていたはずだが——あるいは〝テッチャンのお姉ちゃん〟というあだ名の同級生もいたのかもしれないが、用事があるんで……と自分の口はかってに返していた。

「六〇、六一、六二……」

面倒に感じていただけのように心では思っていたが、重心の安定した足どりである。

「七〇、七一、七二……」

来る時とは反対の道に途中から進んでいっているが、歩調に迷いはない。

「八〇、八一、八二……」

砂利に架かる石橋、水田に挟まれた二車線、蔵造りの一戸一戸をなでるように回りこんでいく小道……

「九〇、九一、九二……」

蟹歩きで進んでいくような畦道も挟んでいるが、すべて記憶にない光景ばかりである……

「一〇〇、一〇一、一〇二……」

一戸一戸や一片一片の石畳に見覚えはあるのかもしれないが、全体にはつながっていかない……

「一一〇、一一一、一一二……」

この道はいったいどこにつながっていくんだろう……と〝用事〟は自分が認知していないだけで実はあるように感じられてきた所で、数字の方にまた行き詰まる。

「一二〇、一二ジュ、ジュ、ジュ……」さきほどの〝五〇〟以上に乗りこえていくのが難しそうだ……「ジュ、ジュ、ジュ……」

一〇〇までは歩調同様変わらずにカウントしていたので、下二ケタに問題があるんだろう……というように感じた時には、歩調の方もダウンしていっている……

「ジュ、ジュ、ジュー」

目的地に到着したようにも左右の足が揃い出しているが、眼前には門がある……

「ジュ、ジュ、イ、イ……」

門柱は低く、左右それぞれから中央にむけて門扉が出ている……

「イ、イ、イ……」

ちょっとした風にはためていて、中央に堅固なすき間ができる。

「イ、イ、イー……」

このすき間こそが門番であるかのように感じられてきた所で

「イー……」門のむこうの玄関口から人が出てくる……「ウィー……」

というような音をその人も発しているのでは……というくらい、口角の結びも甘い……

「ウィー……」

玄関口そのものもそのような形状で、曲線を描く杖をつきながら、こちらに一歩ずつ近づいてくる……

「ウィー……」半歩ずつくらいの歩幅かもしれない。「ウゥー……」

すでにどれくらいの時間が経っていただろう……

「ウゥー」

非常にゆっくりとした速度に感じるが、猫木の方からは近づいていけない。

「ウゥー」間にこえられない門があるのだ……「ウゥー……」

生まれつきの問題にまで行き着いてしまったかのような三本にも映る門が、自分の侵入を拒み……

「ンゥー……」

もしどうしても入りたいなら、地球を一周して裏口から入らなくてはいけないような無言のメッセージを送ってきている……

「ンゥー……」

〝無言〟ではあっても、〝無音〟ではないのかもしれない……

「ムゥー……」

目の前の門の方もこのように発音しているように、風の音の方も感じるようになってきた所で、ようやく向き合う……

「ムゥー……」

おそらく三回りか四回りかくらい上なのだろう。

「ムゥー……」

それでも門を挟んで至近距離にまで来られると、さきほどの〝受付〟や皆以上に同級生のごとく感じられてきている……

「フゥー……」

老婆にも三割方見えなくもないこの老爺にこそ、たずねてみたい言葉があった気がしてくるくらいだが……

「ルゥー……」自分の口はまだあの数字を乗りこえられずにいるままだ……「クゥー……」

救いを求めるうめき声のようにもきこえてくるし……

「ツゥー……」

許しを乞うための言葉の語頭の音のようにもきこえてくるが……

「ウゥー……」

〝泣く〟というよりも、やはり〝鳴く〟だ……腰から丸まりだしている相手の姿勢を前にしても、猫木の方は微動だにできないままである。

「ウゥー……」

という音の方もただ微動だにできなくなっているだけかもしれない……

「ウゥー……」

ここはいったいどこだろうか？

「ウゥー……」

かつての自分の自宅のようにも感じられてくるが……

「ウゥー……」

たしかこんな立派な一軒家ではなかったはずだ……

「ンゥー……」

玄関口も立派で、この地域一帯の特徴だっただろうか？

「ンゥー……」

雪から守るためだったはずのガラス張りの玄関口がもう一枚設えてあり……

「ンゥー……」

あわせて二枚のあの玄関口のむこうには、ほかに誰かいるのかもしれないし……

「ツゥー……」

もういなくなっているのかもしれない……

名前を思い出せないままの〝あのコ〟がいるような気にもなってくるが……

「ニモツゥー」どうだろう……「どこですカー？」

という言葉も空耳のようにきこえてきているが、語尾は風の音のようでもあるし……

「どこですｃａｒ？」

外国の言葉のようでもある……

「どれですｃａｒ？」

第一意味がよくわからない……

「ｃａｒ？」ｃａｒではない……「シューｃａｒですくぁ？」

歩きであることも見てとれないほど視力や歯肉が弱っている老爺なのかもしれないが、やはり自分の方が部外者や不審者であることは分かっているんだろう……

「くぁー」

杖をもつ手とは反対の左手から、それでも杖と同じような材質の何かをさし出してくる。

「うぁー」

〝何か〟としかわからないくらい小さな何かで、漆塗りか何かなんだろう……

「あぁー」

夜闇の中で光りかがやいていて、中には護身用の小型のナイフでも収まっているんだろう……

「あぁー」

門を挟んでさし出してくるが、〝突き出してくる〟ほど鋭くはない……

「あぁー」

むしろバトンを手渡すようにも、弧を描いて渡してくるので……

「あぁー……」

猫木の足もおのずと引き返し始めている……左手の方は居残っていて、〝　〟という形状をとっているようでもある……

「ひゃー……」

〝　〟という字や画としても受けとっているのかもしれない……

「……一二二、」

行き詰まっていた数字の方もいつのまにかカウントが再開され……

「一二三、一二四、一二五、」

学校方面とは反対に数歩進んでいった後になって、老爺のような背中のカーブに感じだし……

「二〇一、二〇二、二〇三、」

ほかにもあのような丸みをおびた背中があったように感じだした時には、電車に乗りこんでいて……

「四〇一、四〇二、四〇三、」

車内でも止まれなくなっているかのごとく歩を重ね……

「五〇一、五〇二、五〇三、」

四両の中を三往復くらいして本当に〝部外者〟や〝不審者〟やさらには〝転校生〟のようにまで感じられてきた時には、追い出されるように下車し……

「六〇一、六〇二、六〇三、」

ターミナル付近で歩数と時間を湯水のように浪費していく……

「七〇一、七〇二、七〇三、」

歩数が西暦を表しているようにまで感じられてきたところで、バスに乗りこみ……

「九〇一、九〇二、九〇三、」

指定された席についた後も、九九二、九九三、九九四……細々と続いていく……

一〇〇一……一〇〇二……一〇〇三……

周囲に一応配慮しているのか……自分の耳にもきこえづらいくらいになってきたカウントがそのまま子守唄にもなっていたらしく

一〇一八……一〇一九……一〇二〇……一〇二一……

目を開けた時には、すでに一一〇〇も経過している……

「一一〇七、一一〇八、一一〇九……一一〇九？」

県をまたぐこの夜行バスのように、現実—夢—現実を進んでいきながら、橋のようにステップから地面に渡り

「一一二六、一一二七、一一二八……一一二八？」

〝一一〇九〟や〝一一二八〟といった数字には、歴史的な何かがあったようにも感じながら

「一一五……ジュ、ジュ……」

下二ケタが五〇の時にはまた時間がかかったり……

「一一二〇……一一二二……」

二〇と二二の間はカウントをせず、ぎこちないまま縁石や側溝もこえていこうとする……

「一五〇〇、一五〇一、一五〇二、」

朝の方がかえって自分の影を際立たせているように感じながら、歩を多少強引に進めていく……

「一七九三、一七九四、一七九五……一七九五……一七九五」

〝一七九五〟にも何かがあったかもしれない……

「一八一九、一八二〇……一八二二、一八二三」

産業革命とかがあったのもその頃のように浅く思いうかべている内に、二〇世紀に入っていて……

「一九四八、一九四九、一九五……ジュ、ジュ……一九五一、一九五二、」

どんどん現在に近づいていっている……

「一九八〇、一九八一、一九八二、」

むこうからも歩み寄ってきているように感じる音が、少しずつきこえだし……

「一九八八、一九八九、一九九〇ゥ……」

「ウー」
数字のインパクトをのばして薄めるような音であり……
「一九九一、一九九二、一九九三ゥ」
「ウー」
やさしく迎え入れてくれるような肌触りの音でもある……
「一九九四、一九九五、一九九六ゥーウー」
せっかくなら二〇〇〇ちょうどで着きたいようにも考え始めていた頭がつんのめっていたのかもしれない……
「一九九七、八、九、二〇〇〇、一……」
階段の段鼻でつまづいてしまい、一気に現実に近づいていく……
「二〇一〇、二〇一一、二〇一二ぃ……」
「ウァープァー」
〝パパ〟というようにもきこえだしているが……
「プァーパァー」
「二〇一三、二〇一四、二〇……」
こちらからも歩み寄らないと、けっしてそうはきこえてこない……
「一五、二〇一六ぅ、　ぅー」
一緒に逃げている気分にもかられてくるが……
「二〇一七ァウァー……」

新雪のようにもやわらかい体だ……

## 1

としおはもうすぐ六才になるはずである。あと一、二週間ほどでなるはずだが、来年の年齢の方にすでに先走っていっているような声が、前方のリビングからきこえてきている……

「ほら、早く一人でするのよ」来年になるんだからという声も早口できこえてきた気がしたが、ここでは言っていなかったかもしれない。「一人でごはんをちゃんと食べて」

〝前方のリビング〟といっても、玄関から二、三メートルほどの位置にあり、ダイニングもキッチンも兼ねられている。

「ほら」

猫木個人の寝室が兼ねられる晩もある〝リビング〟において、早く一人でお箸を持つのよ、早く一人でおしっこができるようになるのよ、早く一人でリュックが背負えるようになるのよ……独り言のようにつぶやいている女性。

「一人でちゃんとできるようにならないと」姿見を見つめながら、スーツの中のワイシャツののりのように前髪をかっちりセットしようとしている……女性にとっては洗面所も兼ねられているのかもしれない。「大変なんだから」

　ととしおの体を迎え入れたままのこちらには一瞥もやらずに、ずっと独りごちている。

「ランドセルを来年は背負わなくちゃいけないんだから」一語一句その通りではなかったものの、ほら、出た……と猫木は思ったりもする。「通えなくなっちゃうんだから」

〝学校〟という単語までは、この女性もあまり使ってこない……

「だから、ね……」

　きっと彼女にとってもストレートすぎる言葉になっているんだろう……

「ほら、早く一人でするのよ」

　そしてまた最初に耳にした言葉へと巡っていっている……

「一人でごはんをちゃんと食べたら」

　語気もほとんど一緒に感じるが
「トイレも一人でいくのよ」

　もしかしたら一巡目は〝トイレ〟ではなく〝おしっこ〟だったかもしれない……と自分の記憶力を試されているようにも感じられてくるくらいの誤差のまま続けられていく。

「いい？　わかった？」

　きちんととしおに伝わるように、あえて短い言葉を一定のリズムと語気でくり返しているのだろうが……

「わかる？　ほら」

　この女性自身もそのような単調なリズム通りの人間になってきているように感じられてくる。

「はい、ほら、ちゃんと、一人で」

自分とはまた別のタイプの〝適当〟な口にきこえてきたところで、としおの顔の方に歩み寄り
「がんばってね」

と今日初めてきく言葉にきり替わったが、この短い定型句じみた言葉も他の日にはしょっちゅう耳にする気がする。

「パパにお迎えもしてもらってね」

という〝パパ〟の方には一瞥もやらずに、としおの前髪をなでながら七三に分け直して、そのまま外に出ていく……

「また夜ね」

〝朝帰り〟ということに一応なっている猫木に対して、もしかしたら怒っているのかもしれない……

「ばいばい」

同窓会のことはきちんと伝えていただろうか？　というようにも感じながら、猫木も準備を進めていく……

「……やばい、もう八時すぎてるじゃん」

おおまかな西暦にばかり気をとられていたのだろう……すでに秒も気にとめないといけない時刻になっているので、海苔で巻いてあったおそらく女性手製の小ぶりな納豆ごはんの残り二つを、口に含ませ……

「……たしかに〝早く〟だ」

少しでも大きくなったらいいように〝含ませ〟たつもりなのだが、〝詰めさせ〟られたような咳込

みを見せたので

「……あ、ごめんごめん」

四、五グラム程度の一つを吐き出させ……

「……大丈夫？」

中に入っている市販の白い牛乳以上にあたたかみのある乳白色のプラスチック製のコップを傾けてあげる。

「……ちょっとずつね」

〝溺れさせる〟ようにはならないように、少しずつ飲ませ、後で漏らさないようにトイレの便座にもすわらせ、磨かせるというよりさするように歯ブラシをあてている内に、すでに八時二十分を回ってしまっている……

「……やば」

とつぶやいている内にも、無情にも過ぎていっているので

「がんばって背負って」

とりあえず女性の言う通りにリュックは一人で背負わせ

「よし、いこう」

もはやランドセルにしか見えなくなってきているその紺のリュックを背負ったとしおを、今度は猫木が背負って、玄関を出、鍵を閉め、外階段を下り、自転車の荷台にリュックもろともとしおを乗せて、タイヤのようにタイヤに巻きついている錠を外そうと、さし込むも

「あっ」自宅の鍵である……「あれっ」

久しぶりに発した促音のようにも感じながら、鍵をさし直し

「よし」

過ぎていった時間を追いかけるように漕いでいかざるをえない……

「二〇一八、二〇一九、二〇……」

歩数はもちこされているようだが、さすがにカウントを口にするのはここでは強引に止め

「今日はけっこうあれだね」としおに語りかける…… 「寒いね」

強引に止めようと意識すれば、いとも簡単に口は言うことをきくように感じた十分な間をおいてから、返答をしてくる……

「すぁー」

「……さー？」

「すぁーむぅ……」

〝寒い〟と言いたいんだろう……

「……うん」

「むぅーんぅー」

むぅーんぅー？

「……ん？」

「んぅー」

もしかしたら〝寒い〟ではないのかもしれない……

「んぅーくぅー」

「んく？」

「くぅー」

「くー」

というやりとりをくり返している父子の横を、車やバイクが排気ガスを白い目のように棚びかせていく……

「くぅー」

「……くー」

同型のママチャリや、ランニングをしている人々にも抜かれていく……

「うぅー」

「……うぅー」

〝ランニング〟というより〝ジョギング〟に近い速度かもしれない……

「うぅーすぁー」

「……うーさー」

「くぅーすぁー」

「……くぅすぁー」

くぅすぁー？

「くすぁー」

「……もしかして……」

〝くさい〟と言いたいのかもしれない。

「すぁー」

「……すぁ」

あるいは〝うるさい〟かもしれない……とも感じながら、自転車を停め、プレゼントするようにとしおを保育士の先生に渡して、一日お願いする旨の言葉をかけようとするも

「……今日もよ」

「はい」

「……ろしくお」

「わかりました」

言いきれない……

「……願いし」

「はい」

やはり朝は人手が足りないのだろう。

「もうお預かりしましたので」担当はとしおのみの先生のはずだが、他の園児を迎え入れる業務もしないといけないのだろう。「大丈夫ですよ」

結局すべてを言いきれなかった自分を引っぱるように、自転車の方が少々あらい運転で進んでいき

……

「……ます」

自転車をそのまま囲っていく檻のような駐輪場から先は、足に引っぱられて進んでいく……

「……お願いし……」

という言葉も結局駐輪場のおじさんに言いきれないまま、今度は電車に引っぱられていく……

「……ます……」

今日昨日でずいぶん乗っている気がするが、バスの記憶もきっと連結してしまっているんだろう
……

「……う……二〇二二、二〇二三……」

バスの往路の〝一昨日〟も車両さながら連結していったところで、下車し……

「二〇四九、二〇五……ジュ、ジュ」

改札をすぎた後も続いているようなプラットホームのアスファルトの上を、一歩一歩進んでいっているが
「……ジュ、ジュ」すでに歩数もあいまいになってきている……「五一、二〇五二、二〇五三……えっと……」

五〇や二〇と二二の間の数字が下二ケタにくる時は、依然として発音につまったりするも……

「二一二〇……二一二二、二一二三、二一二四……えっと……」

実感の薄い未来の西暦に進んでいってしまっているんだろう……

「まぁまた一歩目からでいいか」

リセットした二歩目のようにも踏みこんだマットレスが、自動でドアを開けてくれるが……

「二ぃ……」

この二と三の間で、〝店〟の内外は分かれているということでいいんだろうか？

# 2

「おめえ、最近たるんでねぇか？　遅刻してきてんのに、ちんたら、ちんたら、準備しやがって、早く着がえろよ、ったく、だんだんだらしなくなってねぇか？」〝適当〟ということだろうか？「もとからだらしねえやつだったけど、さらに輪をかけてだらしなくなっている気がするぞ、オレには」

と続けてきた言葉に、猫木も両手をそっと打ち合わせて掛け値なしの賛意を示した。

「ぼくもそう思います」

「あ？」

「だらしないっておっしゃいましたけれど」胸元には〝店長〟という字が縫い付けてあるが、ただアイロンで貼りつけただけのアップリケかもしれない。「店長がおっしゃる通り、だらしないでもいいですし、適当でもいいでしょうし」

「おめえ」

「はい」

「なめてんの？」

「いえ……ぼくだって、適当な人とはあまり関わりたくない側の人間だったはずなんですけど」

「はぁ？」

「なんだか最近そうなっちゃってきているみたいで…」

「他人事みてぇに」

「……ぼくってそんなに適当ですかね？　店チョー」

というように少しカタコトに自分の耳にも響いてきた……

「なに他人に自分が適当かきいちゃってるんだよ？　それがテキトー」というように相手の語尾ものびてきこえる。「なんだよぉ」

幻聴なのかもしれないが、下町出身でつい感情がたかぶると〝べらんめえ〟になるとは、たしか自身で前に言っていたはずだ。

「ったくぅ」

あるいは自分の耳の方もテキトーになってきているということなんだろうか？

「なんで遅刻したんだよぉ？」

「……家をいそいで出たつもりなんですけど」とひとりでに口の方で返事もしてくれている。「途中でなんだかどうでも……」

よくなってきちゃって……とも付け足そうとした言葉の方は遮られたものの
「また他人事みてぇに」

ここまでの他の場所にくらべると、自分の言葉をずいぶん待ってもらえているようでもある。

「ちんたらしゃべりやがって」という言葉も突き付けられるが、語頭も語尾も角度が甘く感じる……

「ちんたら準備しやがって」

文字通りほど〝突き付けられ〟てはこない……

「ったくぅ、クビにするぞ」

意味としてはきついが、そんなにきつい言葉には感じられない……

「いいかげんにしろぉ」

というようなフレーズに、すでに猫木側が馴れてきてしまっていることもあるんだろうし……

「まぁはい」

と返す猫木の口調に、店長の方でも馴れてきているのかもしれない……

「まあ、って何だよぉ」

長い日は八時間近くここに居るので、あの〝女性〟と居るよりも長くなってきているのだろう。

「ちゃんと話きいてんのかぁ」

下の名前がまだ出てこないままになっているあの〝女性〟同様、この〝店長〟の方も縫いつけてある名字のみの記憶にとどまっているが
「おい」

名前にもだんだんこだわりがなくなってきているのかもしれない……猫木はそう思うようにもなりながら、食パン焼き機みたいな機械に自身のタイムカードをさし込んでいる。

「おぉい」

「はい」

「おぉいって」

「はい」

「はいじゃねぇだろぉ?」〝お〟の方を何故かのばしてあらたまって呼ばれた気がしたので、〝はい〟と返しただけのことだが、そこまで説明しようとは思えない。「人がセッキョー」

「セッキョー?」

「セッキョウだぁ、せっきょう」〝説教〟みたいだ。「人が説教している時に何やってんだよ」

「何やってるって……」

「それもまだ着がえ中だろぉ? ちんたらぁ」

という言葉もかなりちんたらしてきこえているが

「勝手に手が……」やはりそこまではわざわざ言う気になれない……「のびていて、ですね……」

「はぁ?」

「この食パン焼き機みたいな機か……」「何だぁ、食パン焼き機みたいなのって」

正式名称があるそうである。

「タイムレコーダーだろ? 七年もここにいて、何で覚えてねぇんだって」

一度二度そのような名称をきいた気もするが、人の名前以上にどうでもいい。

「ですよね」

といつのまにか返しながら、すでに脱ぎ終えているチノパンをロッカーに入れて、ジャンパーも脱ぎ始める。

「ですよねぇじゃねぇだろぉ」

とモノマネしているのか地なのか分からない声で返してきた店長の胸に、今一度目がいく……

「着がえの時間も給料だしてもらおうとすんなよ」

猫木自身が今ジャンパーを脱ぎ始めていることもあるんだろう。

「まぁ」〝店長〟や名字の字体が、デザインや画・絵のようにも見えてくる……「はい」

トカゲやヘビ、ミミズや、そんな感じの虫類にもじきに見えてきているが
「だから何だよぉ、そのテキトーな返事」

目の方もテキトーになってきているっていうことなんだろうか?

「もうここぉ辞めてもいいんだぞぉ」

ずいぶん前からそのように見えていたのかもしれず、すでに数日前に感じる〝受付〟の文字も画や絵のように見えていたことまで思い出したところで、ようやくジャンパーを脱ぎ終える。

「そのジャンパーみてぇな仕事に変えてもいいぞ」と訳のわからない言葉を発してきているこの店長にも、時間的なゆとりが出てきているんだろう。「しかし、おめぇめずらしい着がえ方するなぁ」

「はい?」

「下を先に全部脱いで着がえてから」

「あぁ」

猫木もすこし自分で不思議に感じていたことではある。

「上のジャンパーを脱ぐって」

だから〝店長〟のプレートのある上半身を改めて見つめたのかもしれない。

「ぼくも不思議です……って」

「ん?」

「店長の前では〝ぼく〟って言うんですね、ぼく……あっ」

「あぁ？」

「ほら、また」

「おまえ、さぁ」

「はい」

「ほんとクビにしていい？」

という言葉にも、それほどのインパクトはおぼえない。

「ほんとに、まじでぇ」

いくらきつい意味の言葉をかけられても、とりあえずずっと続けてこられている……

「いいかげんにしろぉ」

〝七年〟とさっき言っていた気がするが、もう少し長い気もするし
「おぉー」

短い気もしてくる……

「おぉい」

〝七〟という数字からじきにとしおの来年の年齢が連想されてくると、たしかに七年だとも思う……

としおをあの女性が身ごもっていることが分かった頃から働き始めているのはたしかなのだ。

「何回言わせるんだぁ」

呼称として受付の〝女性〟ともごっちゃになってくるようでもあるが、名字の方はさすがに憶えている。

「まわりもゆるんでくるんだよぉ」

宝田《たからた》という苗字だ。

「たのむからぁ」

しかし戸籍上は旧姓であり、今はこの〝猫木〟に統合されてしまっている……

「もうちっとぉちゃんとやってくれよなぁ」

もしかしたら自分は付き合い始めた時から苗字で呼んでいたのかもしれない……とも思うようになった時には、さすがに割ぽう着に着替えおえ、手洗いをして、キッチンの中に入っていっている。

「……まぁ」

もともと夫婦別姓がいい／悪いみたいな話をしていた記憶もうっすらうかんでくるが……

「……どうだったろ？」

としおが生まれてみると、このような話題に言葉を費やしていられなくなり……

「……そうだったな」

もろもろのこの国の制度的に便利な結婚・同姓におのずとなだれ込んでいった気がする……

「……たしか」

いわゆる〝できちゃった婚〟だったんだよな……とその行為じたいが適当だったようにも感じながら、自分の持ち場に向かっているが、やけに手がスースーする……

「……ん？」

今の自分のことだから石けんと間違えて洗剤やらエタノールやらクレンザーで洗ってしまったようにも感じるが、きっとそうではない。

「……うん」

自分の鼻でも感じるようになっているのだ。

「……そうだね」

どこまでが油のにおいで、脂のにおいかは分からない……

「……分からないね」

どこまでが植物性で、どこからが動物性のにおいなのかまでは分からないが、二つが入り混じっている……

「……混じってるね」

いろいろと形容しがいのあるにおいに感じるが、一言でいうと、くさい……

「……くさいね」

自分の手を鼻に近づけてみると、まごうことなき〝石けん〟の角張った香りであり
「……アレもきっとそうだったんだね」

きっとこの鼻そのものの皮脂がにおいだしているんだろう……

「……〝くさい〟だったんだね」

鼻を中心にした顔全体もくさいんだろう……

「……としおが言おうとしていたのも」

顔全体を頂点に据える身体全体がくさくなっているんだろう……

「……どれくらいだろ……」

その後も人体に影響の少ない弱酸性の食器用洗剤によって切り離されていく手によって、一、二、三……と風呂に入っていない日数が折って時々カウントされていく……

# 3

風呂に入るのも適当になってきているのかもしれない……という着想をえられたのは、帰宅後実際に浴室に入ってまずはシャワーを浴びてからのことで、としおの体も軽く洗い流してあげてから、一緒に湯船の中に浸かると、着想状態からさらに深い層にらせんしながら思索が巡っていくようでもある……

あんまり入りたくなくなっているのかもな……

という言葉が心の中にとどまっているのか、口から外に出ていっているのかはわからない。

面倒くさくなっているのかな……

かつては湯船に浸かって温まってくることが、一日をしめ括る愉しみだったように、記憶の方も少しずつ輪郭が際立ってくるようである。

こうやって言葉もはっきりしてくるのが……

いわゆる血の巡りや循環が、体が温まることで良くなってしまうのが面倒くさくなっているのかもしれない。

いろいろと受けとめなくちゃいけなくなってくるし……

もしかしたら、自分の体調が良くなってくることを怖れているのかもしれない思索にまで巡っていったこちらの言葉の方こそが、口からもれ出ていたのかもしれない……

「ないー」

と、としおがこちらの言葉の語尾を拾って発音してくる……

「なうぃー」たまたまなのかはわからない……「ぬぁーうぃー」

ともきこえてくるが、〝なに〟と発音したそうにもきこえてきている……

「何がないの？」

とためしにきいてみると
「ティムー」と返ってくる。ついえずにもう一つ重なる。「ティムー」

「ティムーティムー？」

ティムーティムー……

「ぬぁーうぃー、ティムティムー」

「ティム……」

浴室だけ広いはずもないので、膝にとしおをのせながら、自分自身も深化していくように猫木は浸かっている。

「ティムゥ」

「ティムゥ……」

その分少しの湯量で済んでいるのだが、どうやらとしおは〝膝〟の上にのりたいわけではないみたいだ……

「ティムティン、ぬぁうぃ」

「ぬぁうぃ……ない……」

もう少し上に行きたいみたいだが、猫木がおのずと腰を引いて拒んでいるために〝ない〟と判じたのだろう。

「ティンティン」

「あぁ……」だめと一度は返しつつも、ここはあたたかい湯船の中である。「……でも」

こういう言葉こそきちんと言えるようにしておかないと後で恥ずかしい思いをするように、考えも循環し
「ティンティンゥ」

「チ・ン・チ・ン」

「ティンゥチィム」

きちんと発音させるようにする……

「ムじゃなくてンね」

というようにややきつくなってきている自身の口調にも、きき覚えが生まれてきている……

「ちゃんと口を閉じて」湯船ではモノマネもうまくなっているんだろう。「ン」

「ンゥ」

「小さいウがまだ漏れちゃってるのかな……」

というような述懐もまじえつつ、としおの口の周りをさわったり、もんだり、おしたり……

「ンゥ」

「もっと短く」実際このようなことを自宅でもするように指示されているのである……「ン」

「ムゥ」

「ほら、またぁ」

概して〝マッサージ〟と呼ばれていたこの行為をひかえめにしながら、どれくらいの時間がたっていたんだろう……

「としくーん」

という声が、同じすりガラス状にぼけてドアの向こう側からこだましてくる。

「おーい」

「ないぃ」

ととしおの方から今しがたの〝ない〟を使い回したような〝なに〟を返しても、短い言葉である。

「ただいま」それでもインパクトや切れ味の鋭い言葉はひかえられているようである。「〝ただいま〟には〝おかえり〟よ」

あたり障りのない言葉ばかりだ……

「いい？」

その女性だってやはり十分に適当になってきているように感じる。

「もう出てきなさい」

やっぱり〝宝田〟と自分はずっと呼び続けていたのだ……という記憶もはっきりしてくる。

「パパに出してもらいなさい」

今はほとんど名前を呼ぶようなことがなくなっていただけのことだ。

「あの」

「その」

「どの」

「だから、その」

名前をはしょっているのは、相手の宝田の方だって同じなんだろう。

「早く」

という言葉すら、ゆっくりと音の方にのびていっているようにきこえてきた所で、先にとしおを上がらせる。

「……のびる……」

〝のびる〟というより〝逃げる〟方がやっぱり的確かもしれない……と、湯船の中の自分は言葉遣いにも大変うるさい。

## 4

「一人でちゃんとスプーンを持って食べるのよ」

朝の時には〝スプーン〟の箇所は〝お箸〟だったように思い返しながら、猫木もスプーンを持つ……辛い。

「カレェ」と自分の方も店長の口調の影響をうけているのかもしれない……「カレェカレェ」

ボリュームは小さいまま下町風にくり返していると、そりゃそうよと宝田の口調もいくらかべらんめえにきこえた。

「カレェなんだから」

「……カレェ」

「カレー」

「……あぁ」非常につまらないことを自分は言っていた気分にもかられてくる……「カレー」

「カレーがカレーって……」

もしかしたらこの年齢の子でも本来は言えるようなダジャレなのかもしれない想念がよぎってきたのも、風呂上がりで体があったまってきているせいだろうか？

「クァデークァデー」

マネしようとしているらしいとしおに対して、そんな言葉は言わなくていいのよと端的に宝田がたしなめる。

「とし君のは甘口なんだから」

大人二人の方は辛口のルーを使っているようにも、猫木には一度きこえたが

「とし君のは甘口のままなんだから」どうやら猫木の平皿の方も甘口のようである……「何もかけていないんだから」

「……何も？」

「チリパウダートカガラムマサラトカコリ……」

ずいぶん長い名称のスパイス？　を宝田の方はかけているんだな……と思った言葉のどこかまでは、実際に口から出ていたようで
「トカはトカよ、〝や〟ってこと」

「……あぁ、とか」

と合点した声の方は逆に口から出ていなかったのか……届いていないらしく、そんなに長い名前のスパイスなんてさすがにないでしょ、あったらそれもかけてみたいわよ……ぶつくさつぶやきながら、赤い粉の入った容器をそのあたりに投げるようにも振っていく。

「……ええ」

と結局猫木の方は適当に返しつつも、スパイスをかけることはない……

「ムァムァー、ムァマァ、マァマ」

先ほどの宝田のままを今になってくり返しているらしいとしおの発音を耳にしながら、きっと辛い物も苦手になってきているんだろう。

「……カレェじゃなくて、カラ」

辛い物によってもあたたまって頭が回るようになってくるのが嫌になっているんだろぅ……とも思うようになっている。

「バーモントの甘口じゃ足りないわよ」

というようにリンゴとハチミツが入っていることをたしか長らく謳い上げていたはずのＣＭまで脳裏に甦ってきてから、自分はそんなに辛い物が苦手になってきているのか……と驚いたりもしている。

「インド人にとったら、甘いジュースとかおかゆみたいなものでしょ、ここまでのレベルだと」

けっこう久しぶりにぶつくさ長い言葉を吐き続けている宝田の方も、辛さで血行がむだに良くなってきているのだろう……

「やっぱりカレーはこれくらい辛くしないと」とりあえず下の方だけスウェットパンツにすでに穿き替えてある恰好で、ルーを中心にどんどん口にはこんでいっている……「もっとかけちゃお」

糖質のライスの方をあえて少なめにしているということなんだろうが、逆にこの人はここまで辛い物を食べたがるような人だっただろうか？

「まだまだ足りないわ」

むだな事を考えないために汗をかいて熱を発散させるスポーツの一種のようにも映ってきている

……

「まだまだ」

としおもまずまずよく食べるという理由でカレーが献立に多いのかと思いきや

「まだまだ」

あるいは費用があまりかからないから多いのかと思いきや

「まだまだ」宝田の個人競技に付き合わされているようにまで思われてきている猫木の前で立ち上がって、ルーだけおかわりしにいく……「足してこよ」

そして再び自身の何かもふるい落とすように克己的にも粉をまぶして、ため息じみた熱気も時おりもらしながら、スプーンで力強くすくい上げていく。

「これこれ」

カフスボタンをはずしてまくし上げた腕から〝スプーン〟は始まっているように、力強く〝スコップ〟のようにもすくい上げていく……

「でも、まだまだ」

作り立てで硬く感じられるジャガイモ、ニンジン類も雑念のように噛み砕きながら、宝田は食べ進めていっている……

「まだまだまだまだ」

ドリルのようにもくり返しながら、悟りの境地にまで突貫していこうとしているようでもある……

「……けっこう」今日はきっと〝外回り〟だったんだろう……「……いきますね」

〝外回り〟と〝内回り〟にどういう具体的な違いがあるのかは、きいたことがないし

「……すごいな、その……」

もしかしたらきいてみたことくらいは過去に一度二度あった気もするが、〝あの〟・〝その〟・〝どの〟ばかりだったはずだ。

「すごいすごいって、どの……」

「……いや」自分だって仕事について何かを語りたいとは思わない……「……べつにいいけど」

言葉にしたところで、きっといい顔はされないはずだ。

「普通でしょ、普通」

言葉にこそされたことはないはずだが、〝いつまでアルバイトをしているのよ〟というような顔をされたことはあったと思う……

「……ん」

「ん？」

「……ん……」言葉にこそされたことはない？　と猫木は自身の今しがたの心の言葉をこのタイミングになって鶏皮と共に反芻しながら、自分で自分に疑問に思う……言葉にこそされたことはないはずなのに、なんで〝いつまでアルバイトをしているのよ〟なんて言葉がうかんでくる？「……なんでだろ」

相手の顔や表情や挙動から、自分はすでに言葉に置き換えるようになっている？

「……本当に？」

いつのまにそんな技能やノウハウまで習得してしまっているのだろう？

「……いつだろう……」

まだ天ぷらを揚げることもしようとせず、なるべく食器洗いだけですませようとしている自分であるはずなのに……と、夕方までの業務のことも比較的スムーズに思い返しながら
「やっとカレーらしくなってきた」

「……うん」

なるべく宝田とは言葉を合わせようともせず
「これくらい舌もまひさせないと」

「……まひ……」

かと言って、あからさまに対立するような言葉も吐かず……

「全然食べてないじゃない」

「……まぁ」

やわらかめのライスを中心に、猫木もカレーを口に運んでいく……

「……もう」半分くらいの量でもうおなか一杯だ。「……いいや」

としおの方も似たようなペースであるらしいが、もとの量が少ない。

「とし君も、ほら、ちゃんと噛んで」という判で捺したような調子の言葉の通り、ちゃんと噛まずにすぐ呑みこんでしまうことがあるのだ。「ほら、つっかかっちゃうわよ」

「んはっ、んはっ」

〝ある〟より〝ほとんど〟の頻度かもしれない……

「んあっ、んあっ」

むせ返る音を発しながら、場合によってはそのまま戻してしまうこともあるのだが、あらかじめスプーンの背で肉や野菜類を潰してあげてあることも奏功しているんだろう。

「んあっ、んあっ、んあ……」

徐々にまたおだやかになっていきながら、残りを食べ進めていく……食べ始めからもう二〇分くらいだろうか。

「給食では二〇分以内なんだって」〝学校〟という言葉まではわざわざ出さずに、それでもきちんと突きつけておかないといけない現実のように宝田が告げてくる。「二〇分」

という数字が宝田にとっては強いインパクトを残すもののようで、目線も一度外したが……

「……二〇」猫木にとってはそれほどの数字ではない。「……二〇」

二度三度口から出せるくらいで、興にのって次の数字も口にしようとするも……

「……二二」ついすぐに飛ばしてしまう……「……二三」

「サァンー」

と輪唱のように合わせてきたとしおと二人まとめて、宝田が注意してくる。

「なに数字だけ言いだしているのよ」

たしかにその通りだ……

「何の意味があるのよ」何の意味があるのだろう。「ほんとに」

とも語を継いでくるものの、対立する気は宝田にもないらしく、目線は外したまま、煙のような白い熱気はそのまま一枚板の天井へと昇天していく……

「……うん」それでもいいのだと猫木は思う。「……まぁ」

「うん？」宝田の方もきっとそんな感じに思っているんじゃないだろうか？「まぁ？」

「……そのぉ」

「もう」

「……うん」

「ごちそうさま」

尖らせてまで突き合わせるような言葉のかけ合いもなく……

「そしておやすみなさい」

「……ふう」

「ほう」

「……あぁ……もう……か」

リビング兼キッチン兼ダイニング兼・猫木にとっては寝室兼でもあった目の前の座卓の上に、経年変色したような封筒が翌朝置いてあるだけのことだ。

「……うん？」

朝はやっぱり冷える……などと昨晩の湯船の感触も忘れながら、読み上げようとするも、寝不足や寝起きもあるのだろう。

「……えっと」

〝茶封筒〟ということかもしれない表に書いてある文字が、すぐには読みとれなくなっている……

「……えーと」

下の〝金〟の字の方はなんとか読めるが……

「……カネだな」

〝謝〟という字が複雑な絵にしか見えない……

「……なんだろう」

左端の〝言〟の中の〝口〟がやたらといかつく映りだしているんだろう……

## 5

座卓の上に書きおきのようにも置いてあったからと言って、としおまで置いたまま仕事に向かうは

ずもなく
「じゃあね、としお君、がんばってね！」

わざわざこちらにきこえるくらいの声をかけてから出ていく……今日はパンツスーツではなかったので、内回りかもしれない。

「つぇぬぇ」

「……つぇぬぇ？」

「てねぇ」

「……てねぇ……あぁ、さっきの……」

保育園に向かう〝がんばってね〟より鼓舞した口調であったことを、としおなりに重く受けとめているらしく
「てねぇ、てね、てね」くり返すごとに少しずつはっきりとしてきている気もする音？　声？　言葉？　に自分自身が脅迫されていっているかのように、テレビの前に座りこんだまま手足をひっこめてしまっている……「てね、てね、てね」

という語調だけで感じとった何かがあるのかもしれない。

「……ほら、としお、そろそろ行くぞ」

と発している自分の口があるが、猫木自身だってそこまで行きたいわけではない。

「……とし」と短く発してみているものの、次の言葉はなかなか継げない……「……んー」

というようにうなり出している音も、〝言葉〟としてカウントされうるものなんだろうか……心の中で考えている内に、手の方が助け舟を出すようにまさしく舟形の何かを持って、出航させながらテレ

ビの方に向けていっている……

「じゃあ」〝リモコン〟だろぅ……「ちょっとだけあの番組にしてあげるから」とロでは言いつつも、この二〇か二二型のテレビはもともと点いてもおらず、としおは何かを視たいと催促していたわけでもない。

「……えっと」

かつてはとくに猫木がよく視ていたはずのテレビであり、もともとテレビをあまり視ないタイプの宝田の方も、ニュースの時間帯くらいは点けていたはずだが

「……えーと」

まったく点けることはなくなっている……電源を入れると、テレビの側も寝起きのような反応をしてくる。

「……こっちがいい？」

「ぬむぅ」

「……それともこっち？」

「うんぅ！」

とけっこうはっきりとした返事をしてくるので、四、五分程度だけでも点けといてあげようと猫木は思う。

「……ちょっとだけね」

同窓会ということで、いつもとは違う服をおのずと選んでいたのだろう……昨日まで三日間はき続けたチノパンと、猫木にしてはおさえた色合のジャンパーを横目に、蛇の縫取りが大腿に入ったジー

ンズと、すでに十年以上前に上野か神田かのアメ横で購入したドクロマーク入りのジャンパーを羽織って、いつでも出られるようにしておく……

「……よし」

何とかの〝お兄さん〟の広い股の間を二歳児や一歳児や大きめの○歳児が通っていっているようにも映るテレビに、左側の目で直視し続けているとしおにも、厚めのフリースを一応着せておいて

「……今日はちょっと寒そうだから」

とくに面白味の感じないテレビから、猫木の方は横のラジカセに視線を移していく。

「……ね」

古いラジカセだが、ＣＤの再生機能も付いていたはずだし

「……うん」

数年前まではよくかけていたはずだ……

「……あぁ」

まだ少し時間がありそうなので、具体的に何年前までかけていたか思い起こそうとすると

〝ぼくも　あなたも〟

という歌詞の方が先によみがえってくる……

〝わたしも　きみも〟

こんな歌詞の曲をよくきいていたんだろう。

〝みーんな〟

今となっては音楽それじたいをきかなくなっている……

〝王様〟

というような歌詞だった気がするが……

〝それぞれの国〟

本当にこんな歌詞だっただろうか？

〝それぞれの王〟

あるいは、こんな歌詞だったから、自分はよくきけていたのかもしれない……

〝それぞれの〟

もう一〇年も二〇年も前から、ずっとこんな感じにはなっていたような気にもなってくる……

〝ラ、ラ、ラ、ライフスツァウィル〟

あるいは、もっと前からかもしれない……

王様　　　王様　　　王様　　　王様　　　王様
ぼくも　　あなたも　　わたしも　　きみも　　みーんな王様
それぞれの国　　それぞれの王　　それぞれのラ、ラ、ラ、ライフスツァウィル
王様　　王様を下りるとき　　自分の任務全うしたとき
後任が見つかったとき　　国民にお別れ言うとき
さようなら　　国民のみなさん　　どうもありがとう
ぼくも　　あなたも　　わたしも　　きみも　　これからは

院政　院政　院政　院政　院政　院政
院say　yes　下野はしません　say　ye……

# 6

タイトルの方ははっきりと思い出せないまま、ドアの外に出ていく……合っているかもわからない歌詞を半分ほど思い出したくらいが、四、五分だったはずだが
「うぁー」

「……よし」

少し遅れてしまっているかもしれない……

「んぅー」

「……いそごう」

それでも二、三週に一回のこの日は時間に少し余裕を見ているのである。

「むぅー」

「……ちょっとだけ」

アルバイト先とは反対の方面にむかう電車に乗って、新幹線も停まる大きな駅で下車して、黄色い

在来線に乗り換える。

「くぃいるぉー」

「……色のこと?」

正確にはあさぎ系統の複雑な色合に感じるが、そこまで煎じつめることもなく

「ぬぅ」

「……うん」

また下車して、歩き出してから

「シンカンセーン」としおは発するようになる。「スィムゥクァムゥスェーンゥ」

新幹線の停まる駅での反応を今になってしてきているようでもある……

「ヌォールゥー」

乗りたいのだろうが、時間はない。

「……あぁ」

第一お金もない……

「うぁる、あぁるぅ」

それでも色あせたこのリュックの中に収まっている封筒の中にさらに擬態するようにも収まっている茶色い紙の正体は、としおの方でも察知しているようで

「ぬぉるー」

ビルのエレベーターに乗る前にも、さらにせっついてきているようだが……

「うぁー」

降りた先には、すぐに扉がある。

「んぅー」

「……いくね」

というやりとりがブザーになっていたのか

「今日はぎりぎりですね」という第一声をドアの開閉と共にかけられる。「あと三十秒でした」

「……すいません」

五分前に来るように言われているのである。

「遅れてはいないので、ぎりぎり大丈夫ですよ」

逆に五分より前に来てもならず、一度二度ほど一〇分前に来て、前の時間帯の親子と鉢合わせになったことがある。

「では先に頂きますね」

一、二年ほど前だったかな……と思いながら、受け流すように利き手とは反対の手でそのまま封筒ごと渡している……

「一万円のお預かりですね」

とくだん強い語尾ではないものの、今朝の宝田以上にハキハキとしてきこえている……

「は・い」としおの耳にもきっとそうきこえているだろう……「で・は」

めっきり気配を感じられなくなってしまっているとしおへのウォーミングアップの意図もあるのだろうが……

「お・つ・り・で・す」

というような一音一音が明確に区切られている口調で、た・が・い・の・プ・ラ・イ・バ・シ・イ・を・ま・も・る・た・め・に……うんぬんと鉢合わせになったあの時も注意された気になりながら、猫木はお釣りを受けとる。

「せ・ん・に・ひ・あ・く・え・ん・で・す」

「……せ・ん……」「千二百円です」

きっとこれもこのまま受け流すことになるんだろう……などとも思っている内に、猫木の方は手前の部屋に案内され

「……八千……」引き戸を文字通り引ける所まできっちりと引かれ……「……八百……」

としおの方は突き当たりの十畳ほどあるだろうスペースに背中を押されながら進まされていく……壁に貼り付いているような素材までは分からない横長の木目調の椅子に体を一度持ち上げられてから腰かけさせられている光景まで見てとれるのは、猫木の目の前にモニター画面が設えてあるからであり

「……円……」ここで一時間のあいだ親は子の状況を見つめ続けていないといけない……「……八と八で成長の末広がりでも掛けられてんのかな？」

というように料金のことをまだ引きずって、新幹線代より高えじゃん……などとも悪態をついている内に、この〝一時間〟は始まっている。

「はい、口をちゃんと開けて」

〝教室〟とも呼んでいた気がするが……

「そして閉じて」

いずれにしても、この一時間にたいする対価が時給としてこちらに発生してもいいくらい、見ていてそう楽しいものではない。

「あんあん」

「あんあん」

〝あ〟と〝ん〟の発音練習からいつも通り始まっている。

「あんあん」

と、猫木の耳にはとしおの発音がきこえてきているが

「ちがうちがう」いわゆる〝親バカ〟というやつなんだろうか？「あ・ん」

本当に親をそのようにとらえだしているかのように、お父さん！　と背後のカメラに向かって突然呼びかけてくる……

「きちんとご自宅で練習させてあげましたか？」

顔はそのままとしおの方に向いているので、けっこう高い位置にまで刈り上がっている後頭部しかモニターには映っていない。

「きちんとマッサージもしてあげていますか？」

何かの字体のように映ってくるくらいメリハリのきいたえり足である……

「……はい」

とモニターごしに返したものの、相手には届かない。

「二週間前とまったく変わっていませんよ」

「……はい」ボリュームの大小の問題ではなく、モニターの機能として搭載されていないことをよう

やく思い起こしてからも、だらだらと自分の口から漏れ続けているようだ……「……はい」

〝講師〟ではなく〝先生〟とたしか自称していたはずの女性は、さらに一方的に語気まで強めてくる……

「やっても無駄だと思っているんじゃないですか？」もうすでにかっちりとした言葉の輪郭を持っているというのに……「効果がないと思っているんじゃないですか？」

口調のみならず、言っている内容の方もきっと正論にちがいない……

「少しずつでも確実に成長しようとしているんですから、きちんと親御さんが助けてあげないと」

正論なら、相手の返答がなくたって一方的に言い続けていいものなんだろう……

「このダウンちゃんたちは」

という言葉までやがて出てきている……

「ダウンちゃんたちだって」

いくら〝ちゃん〟付けであっても

「ダウンちゃんたちだって、ちゃんと成長しているのですから」

という言葉を耳にしていると、本当に自分も〝ダウン〟しそうになってくる……

「……はい」

きっと自分の背中の方も少しずつ丸まっていっているんだろう……

「……ええ」

目線の高さにあったはずのモニターの位置が上がったのではなく……

「……まぁ」

自分の視界が下がっていっているんだろう……

「……へえ」

〝猫木〟という名字の通りに猫背になってきているようにも感じている内に
「あはもっとちゃんと口を開けて」発声練習は再開しているようだ……声だけきこえてくる。「んはもっとちゃんと口を閉じきって」

なかなかとしおが覚えようとしないので、こうなってきているのだろうが……

「メリハリをつけて、あ・ん・あ・ん」少しきびしすぎないだろうか？「ウァムゥウァムじゃないって」

ウァムゥウァム……

「ムァーじゃないよ」

しばしば裏返ってもきこえてくるくらいの声で……

「ウァーでもないよ」

一気に若やいできこえてきたり……

「もっとちゃんとしゃべらないと」

性別もこえてきこえてくるくらいで……

「もっとちゃんと言葉を覚えないと」

壮年のようにも、青年の声のようにもきこえてきている……

「覚えないといけないんだよ」

少年の声のようにまで少しずつきこえてきているのは、さすがに幻聴だろうか……

「……そこまでして」こちらの方からの言葉はやはり届いていないようで、自分の声の方も徐々にその少年の声に乗っとられていっているようでもある……「……覚えないといけないんだろうか……」

きき覚えのある言葉にもだんだんと感じられてくる……

「覚えてきたんだから、ぼくだって」

かつての〝ぼく〟がまだどこかに潜んでいたのかもしれない……

「覚えさせられてきたんだから、ぼくだって」

〝オレ〟にも〝わたし〟にも〝自分〟にも馴染もうとしないままなのかもしれない……

「覚えていかないと、いつかは社会にも出られないんだよ」という言葉も至極まっとうな正論に感じられてきている……「いろいろと困るんだから」

本当に正論だ。

「人とのコミュニケーションだって」

という言葉の通りだと思う一方で

「意思疎通がとれなくなっちゃうじゃないか」

体のまん中の方ではあるものの、こっそりべつの言葉を思い始めたりもしている……

「一人で生きているわけじゃないんだから」

正論は〝正論〟でスキのない素晴らしいものなんだろうけれど……

「みんなで覚えないと」

そこまでして覚えないといけないものだっただろうか……というような言葉だ。

「ルールや規則みたいな物なんだから」

言葉は生きていくうえでたしかに大切なものなんだろうけれど……

「ここに生まれてきた以上は」

とてもとても大切なものなんだろうけれど……

「あいうえおなんだから」

そこまでして覚えないといけないようなものだっただろうか？

「五〇音なんだから」

モノだっただろうか？

「国語なんだから」

お金を払ってまで覚えないといけないようなモノだっただろうか？

「それともここの方言なのか？」

そこまでお世話になってきていただろうか？　という疑いをかけるのも、結局は言葉を用いるしかないのだ……

「転校してきたばかりのぼくのことを、おちょくっているの？」

言葉にはいつも試練や困難ばかり与えられているように感じられてきているが……

「友だちがなかなかできないままのぼくのことを……」

言葉にたいする恩まで忘れてしまっているくらい —— それくらいテキトーになってきているっていうことなんだろうか？

「キミしかいなかったんだよ……ねえ」

自分は……

「さっきからいったい何を言っているんだ、キミは?」

わたしは……オレは……ぼくは……

「キミだよ、キミ」

# 7

〝ん〟のように閉じきろうとしていたのだろう暗転したまぶたの裏側に拡がっている稲刈り後の田んぼのような荒涼とした土地に、ぽつぽつと白い点のようなものが浮かびだしている……アトランダムというより上から下が多いようで、まぶたの裏側も映像を流せるモニターやスクリーンのような機能を備えているのかもしれない三十代後半に至っての人体の発見の後に、きっとこれは〝降りだしている〟ということなのだろう。〝浮かびだしている〟ということではないのだろう……とも感じ始めたところで、両方の言い回しとも囲ってくるかのごとく、降りだした点状の何かによって、輪郭が浮かびだしてくる……

「キミにだけ許されるわけじゃないんだから」という言葉も点状の何か然として、ぽつぽつときこえてくる……「あ・な・た・に・だ・け」

というようにもきこえてきている……

「もっと一音一音を分けて」

〝先生〟の声もまだきこえてきているのだろうし

「短いテンポで発音しないと」

この少年じみた声の主も、きっと〝先生〟の声をマネしているだけだったんだろう……

「ちゃんと言わないと」

というように、誰がしの〝先生〟から訓練めいたものを受けてきているんだろう……

「ぼくだってべつに覚えたくて覚えたわけじゃなかったのに」

というように覚えることの意思を表明する前に、〝先〟に〝生〟きている親やら祖父母やら、文字通りの〝先生〟から教えこまれているんだろう……

「それなのに」

ウームーくらいは発して抵抗していたのかもしれないが、〝有無〟も言わせず……

「怒られちゃったじゃないか！」

だから〝先生〟から怒られたことに対して不服に感じているのだろうことまで、はっきりとした本降りのような口調で言いつのってきたあたりで、姿の輪郭がよりはっきりとしてくる……

「教えられた通りにしか言ってこなかったはずなのに」

白い点で形づくられていたわけではなく……

「間違ったことなんて何一つ言っていないはずなのに」

白い点が降りつくした後にも、染まらずに残り続ける黒い柱状の背格好が〝ぼく〟だ……

「間違ったことなんかしていないはずなのに、ぼくは」

柱状に孤立し続けている印象だが、もしかしたら〝先生〟と同じように何かに腰かけようとしているのかもしれない……

「そんなに強かった？」

腰より下は映りこんできてはいないが……

「強くなんてしたつもりはないんだよ」

頭は直立していて、門柱そのもののようにも映ってくるくらいである……

「キミがもっとちゃんと言ってくれないから……」

足は何本だろうか……

「もっとちゃんと数えてもくれないから……」

二本だろうか……三本だろうか……

「言葉から逃げようとしたって、結局は数字だって言葉だからね」

門柱の本数ばかり気にしだしているこちらにむけて、数字もきちんとかぞえる旨のことを告げてくる……

「行くよ、一、二、三、」

「……ウィ……ツィ……」きちんと言えない……「……ヌゥ……」

口がうまく動かないのだ。

「四、五、六、七、八、」

と相手の方はどんどんかぞえていく……

「……スァ」こちらの方は口がうまく動かないままだ……「……ウァ……」

〝い〟も〝ち〟も〝に〟も〝さ〟も同じような動きになってしまっている……

「……ムゥ……」

〝ん〟もきちんと言えないし……

「……ウァ……」

〝あ〟も難しそうだ……口が開ききらない……

「一一、一二、一三、一四、一五、」

相手の少年の方はどんどん先をかぞえていっている……

「一六、一七、一八、一九、二〇、」

このまま二〇の先にまで進んでいってしまうんだろうか……

「……ヌァー……」

こちらはやっと〝7〟をこえられるかという所なのに……

「……ウァー……」

うまく動いていないのは、口なのか、舌なのか、唇なのかも、よく分かっていない……

# 8

「生まれつきの筋力が弱いので、ご自宅でも口を動かす練習をきちんとさせてあげてください、親御さんの方で勝手にあきらめたりしないように。少なからずいらっしゃるのです。親御さんの方で勝手に将来に絶望してしまって。少しずつ少しずつ、本当にわたしたちからすると少しずつですが、まったく成長していないように見えてくることもあるでしょうが、少しずつ成長しているのです。きちんと親御さんが向き合い、ご自宅でも協力してあげれば、一歩ずつでも、半歩ずつでも、じきにしゃべれるようになってくるのです」

　という言葉がはっきりと体のどこかに浮かんできてから、〝あ〟と〝ん〟の練習を自分でしたりもする……

「とくにこの〝あ〟と〝ん〟の練習は基礎中の基礎で」という表現をたしかしていたはずだ……ここは湯船ではないはずだが、ある程度はっきりと思い起こすことができている。「五〇音の中で一番目に来る音と、最後に来る音ですが」

　言葉にパンチや切れ味があるせいもあるのだろう……

「ダウンちゃんには正確に発するのがとても難しい音なのです」

　本当に〝ダウン〟にもっていかれそうになるくらいだし……

「筋力が必要になってくる音ですので」

　もしかしたら、すでに自分は〝ダウン〟し始めているのかもしれない……

「一般の人にとっても、〝あ〟は五〇音の中でいっとう口を大きく開けないと発せない音であり」

〝五〇〟という数字にそれなりの苦手意識をおぼえはじめているのは、音をこのように分け隔てるルールにもあるんだろう……という気づきもえるようになっている。「〝ん〟は逆に一番口を閉じないといけない音で、〝あ〟〝ん〟のくり返しじたいが口のまわりの筋力のトレーニングになります」

　この国でくらしていくからには、〝あいうえお〟や〝国語〟ともそのまま呼ばれることもある〝五〇音〟をきちんと一音一音分けて発せるようにならないといけない旨のことも、たしかべつの機会に言っていたはずだ。

「すでに自宅用にもご購入いただきましたね？　メトロノームを用いて、テンポも速めたり」

　収集場所はいちいちきいていないが、宝田が仕入れてきた情報によって、この〝教室〟に通いだし、おそらくもうすぐ二年になるはずだ……

「あとは、すでに購入いただいているこのリコーダーで、ご近所迷惑にならない程度で結構ですので、音の強弱をつける練習も」すでに一時間の中でおこなっていた練習を自宅でもするように促していた。

「ただ強く吹ければいいわけじゃないですから、教室の時の俊夫君のように」

　としかつめらしく漢字としてきこえてくることもあった。

「強くも弱くもない中間の音量でコントロールするのも、筋力ですので」

　きんりょく……とためしにつぶやきながら、猫木はざっと洗った器をドーム型の機械の中に割れない程度の力で放りこんでいく……

「筋力も基礎中の基礎ですので」

　もしかしたら割れない程度にしかすでに放りこめなくなってきているようにも感じる……

「筋力が弱く、量も少ないと、すぐに萎縮して凝り固まってしまいますので」そんなにマッチョにならなくていいようにも一方で感じながら、次に出てきたはずの言葉の方は、先回りして思い起こしている……マッサージ。「お風呂場等のあたたかい場所で、血流の良くなっている場所で、口のまわりをマッサージしてあげてください」

〃マッサージ〃という五字が何となく指五本の動きをほうふつとさせているからだろう……

「……マッサージ」

〃ッ〃と〃ー〃で緩急を生み、〃ジ〃の濁音によって一気に圧しこんでいく……

「ええ、マッサージを」

もちろんお母さんの方でもいいですので……という言葉もべつの機会にはあったはずだが、育休取得後の営業をメインにする会社への転職以来、宝田の帰りは大体遅く……

「なでたり、さすったり、軽くもんだり」ほとんど平日は猫木が入れることで〃暗黙の了解〃になっている……「筋力が弱いので、やさしくでいいので、口のまわりだけでなく、体の他の部分も……おい」

おい？

「ちゃんとやれって、いいかげん」

いいかげん？

「おい、アンアン、気持ち悪いんだよ」

気持ち悪いんだよ？

「四十手前のおっさんが、アンアン」

四十手前のおっさん……

「おい、きいてんのか、おめえ、いいかげんクビにするぞぉ」

言葉の意味としては〃先生〃以上に荒っぽいが

「……あぁ、まぁ、はい」とこちらも返せてしまうようなスキは感じる……「……はい、まぁ、あぁ」

「相づちの順番をぉ、ひっくり返しただけのぉ、テキトーな返事しやがってぇ」

まだ振り向いていないが、きっと〝店長〟だろう。

「……ほら、やっぱり」とつい声になるも、〝店長〟の字体もろとも割ぽう着もどこか緩んできているように見受けられる……「……〝店〟って漢字の中の〝口〟って、そんなに丸っこかったでしたっけ？　割ぽう着もなんだかママゴトみたいな……」

「はぁ？　何言ってんだぁ、おめぇ？」

「……えっと……」

「あぁ？」

「うしろにいつからいたんですか？」

「いつからいたんですかぁ、じゃねぇよぉ」

ひまなんだろうか？

「従業員がちゃんと働いてるかぁあぁ」とたっぷりのばしていられるような時間は少なくともあるみたいだ。「チェックすんのもぉ、オレの仕事だからぁ」

下町出身だから……という次元ではすでにないくらいののびを感じる。

「おぉい」

通常の〝店長〟の業務はホールでの接客で、注文が多い時にはもう一つの鍋を稼働し、みずからキッチン中央で揚げることになるのだが

「ちゃんとやれよぉ」ここ数日は見ていない。「しっかしぃ、それももう古くなってきたなぁ」

数日どころか、数週間や数ヶ月のようにも感じられてくる回想の方がまだ関心をもてるくらいの他愛ない話題を、店長の方から振ってくる。

「……それ？」

「そんなにだらしなく言ってねぇだろうがぁ、それぇだぁ、それぇ」

という発音の方がだらしなくきこえるが、わざわざ言わずに、ああ、この食器洗浄機……とだけ相づちを打って、店長の視線に自分のそれも便乗させている。

「ショクセンクィーなぁ」

「ショクセンク……」「略すだろぉ、ショクセンキ、ってぇ」

〝食洗器〟という字がうかんでくるまでには少し時間がかかり、まぁ年々ちょっとずつだけどぉ、売り上げが減ってきてるからぁ、新しいのに換えるのはぁ、すぐに無理だけどなぁ、リースになるんだろうなぁ、どうせぇ……という店長の言葉がさし挟まれてからだが
「……ですよね」

くらいの返事にしておく。

「ですよねぇ？」

もしかしたら店の長としてはあまり言いたくない言葉だから、ここだけ通過するように速かったのかもしれない。

「つーかぁ、おめぇ雇ってからなんだけどぉ」

「……大変ですね、店長も」

自分が字を思いうかべるのに時間がかかっただけという可能性もやはり捨てきれない……

「……おめぇ？」

「おめぇだよ、おめぇ」

「……あぁ、ぼく」

「あぁ、ぼくぅ、って、食洗器の音みてぇにだらしなく鳴ってんじゃねぇよぉ」

という言葉はいっそうよく意味がわからなかったので、そのままきき返してみると、食洗器が古くなってきたことの根拠もここにあるのだと店長は言う。

「油やカスがすぐに詰まって、ほらぁ、うぃーうぃー、ヘンな音が鳴り続けてんだろぉ？」

わからない……

「工事現場みてぇに、低くて小せぇけども、鳴ってるだろぉ？」まで言われれば、たしかにそのようにきこえなくもない……「おめぇ、ずっとここに居っからぁ、もう馴れきっちったんだろぉ？　ヘンになってきちってんだろぉ？」

耳もヘンになってきている――ということなんだろうか？

「……あのぅ」

「なんだよぉ」

「……この仕事が原因ってことすかね？」

「はぁ？」

「……公ガイ？　職業病ってことすかね？」

「コーガイ？　はぁ？」

「……ローサイ……労災って下りますかね？」

食洗器を見つめたままこちらに反射させてくる視線もスチール然としている……

「こっちも損ガイ賠ショーを、おめえにセイキューしていい？」

〝センキュー〟にもきこえ、ははは……と猫木の口は軽く笑い返していたが、けっこう本気なようである。

「売り上げが下がってきてんのぉ、おめぇ雇いだしてからだしぃ」さっきもきいた気がするが、どうだろう……「おめぇじゃねぇのぉ？　食洗器の仕上がりも遅くなってきてんのぉ、ほらぁ、素洗いも雑だしぃ」

食洗器に入れる前に残飯や油をざっと洗い流すことを〝素洗い〟と呼んでいたはずである……

「それで詰まったりぃ、故障しだしたりしてんじゃねぇのぉ」

「……まぁ」

「はぁ？」

「……いいじゃないですか」

「はぁ？　なにがぁ？」

「……このままでも」と口が勝手に言っているようだが、食洗器にかぎっていない気がしてくる……

「……のんびりしていたって」

時給が数十円上がる代わりに、天ぷらを揚げる研修を始める旨のことを、以前勧められた気がするが……

「でもなぁ」そのたびに情緒等の不調も絡めて断ってきているのである。「いくら気分が乗らないっつってもなぁ」

「……ええ」

「ショクセンや掃除だけやってくれるのもいねぇから助かってたけどぉ」

「……ええ」

「これからは雑用も天ぷらも揚げられるスタッフじゃねぇとなぁ」

あの少年にはきっと怒られるように感じつつも……

「スタッフゥも少しずつ減らしていかねぇとぉ」

「……ええ」

「お子さんもいて、大変なんだろうからぁ」

「……ええ」としか返さない。「……まぁ」

生まれた時や生まれた以降も立ち会わないといけない諸々があって、欠勤を申し出た際にでも、しかたなく最低限のことだけ伝えていたんだろう。

「いつ辞めてもらってもいいからぁ」

「……ええ」

「ここだとぉ、ちょっとずつ時給が下がっていくかもぉ～」

「……はぁ」

「この前のジャケット？」という言い方をしてくるが、きっと〝ジャンパー〟のことだろう。「緑のぉ」

「……あぁ、あの同窓会の時に着……」

普段はあまり着ないジャンパーのことをいきなり言いだしてくる……

「あれ着てぇ、運んだらいいじゃねぇかよぉ、おっ、おっ、おっ、おぉー」と笑い声とおぼしい語尾に自分でもっていかれている。「おぉ、おぉ、そのぉまんまいけるんじゃねぇ？　おっ、おっ、おぉー」

## 9

何を言われているのかは今ひとつつかめないまま、店長の音の余韻をひきずりながら——あるいは食洗器の〝ヘンな音〟もきっとＢＧＭのようにひきずりながら、帰宅の途上の保育園でとしおを今日も受けとって、送り届ける荷物のようにもそのまま荷台に乗せて、二人で一緒に去っていくように漕いでいき、〝お子さん〟という言葉からも二人で逃げていくように、降車後もいくぶん歩を速めて自宅にまでかけ込んでいっても、風呂の時間が二人を待ち構えている……

## 10

門番のようにも待ち構えているびくともしない湯船の中に浸っていると、ぽつぽつとまた白い点が降りだしてくる……記憶そのもののように降りだしているようで、血行が良くなりだしているということでもあるんだろうが、〝給湯温度〟や〝追い焚き〟のボタンをいくら圧そうとしてみても、今夜はいっこうに寒いままだ……

## 11

本降りの雪が積もりだしているのだろう白銀の一面の中に、白色に染まらない数本の棒が浮いて現れるようになってくる……門柱のようにも映ってくるが、おそらくヒトの足だろう……二本に見えたり、三本に見えたり……杖をついているようにも見えてくるが、きこえてくる声は少年のままだ……こちらの目がテキトーになってきていることも許せないようである……

## 12

逃げていたらダメなんだよ……というようにきこえてくる声を吐いている息は白いようで、さむいさむいさむい……くり返している言葉の方も〝寒〟という漢字そのもののようにこわばっていっている……まだここの寒さには慣れていない少年のようで、心の方も冷えきっているようだ……まだぼくには友だちがいないんだよ……とも告げてきている。キミがしゃべっているのは何《なに》語《ご》なんだ？　もしかして、ここの方言なのか？

## 13

雪国という言葉ももち出して、カチカチの〝口〟の中に囲い込んでいくようにまで、接近してきている……ここでずっとキミを待っていたんだよ……ともきこえてきているから、自分たちの方から一歩一歩接近していっているのかもしれない……ここで待っていれば、きっといつかは来るはずだからね……

## 14

このように黒いペンキを何度も何度も塗りたくっていたためにデコボコになっていた校門であることまで思い起こした所で、もっとわかるように言ってよ……と声が白い息と共にかけられる……〝友〟という字形も作ろうとしているように、手をさし出して交わらせようとしてくるが、こちらがさし出し返さないものだから、体のほかの部分にも触れてきている……

## 15

粉雪のようにもやわらかいうぶ毛……粉雪のようにもやわらかい皮膚……粉雪のようにもやわらかい脂肪……粉雪のようにもやわらかい血管……粉雪のようにもやわらかい筋肉……粉雪のようにもやわらかい神経……粉雪のようにもやわらかい……

16

いったい言葉はどこにあるんだっ？

17

〝うぶ毛〟も〝皮膚〟も〝脂肪〟も〝血管〟も〝筋肉〟も〝神経〟もないような体のどこかからも、ぽつぽつと音がきこえるようになってきたところで、何をしてんのよっ！　という今しがたの少年以上の語気をもった声が近づいてくる……その声をきいて少年はあわてて逃げていったのかもしれない……〝先生〟だろうか？　〝ヒロちゃん〟だろうか？　〝テッチャン〟だろうか？　〝ケツカッチン〟だろうか？　それとも〝テッチャンのお姉ちゃん〟だろうか？　まだ名前の方をよく思い出せない〝女性〟だろうか？　とも感じられてくるような小学生にしてはやや低いどすのきいた声が、外にまできこえていたわよ！　とすでに内にまで達しているように迫ってきている……助けてくれてありがとう……という謝意をこちらが表している途中で、だから早く手を離しなさいよ！　と自分たちの利き手とは反対の左手の方を大人のような強い力でもち上げてくる……鳴いているじゃないの！　という言葉の通り、たしかにぽつぽつとどこかから動物の声のようにもきこえ続けてはいる……いくら何でも……という声の後に継いできた言葉の方は、すでに入れ墨のようにも体のどこかに刻みこまれていた画そのものだった……

## 18

〝マッサージ〟をやってあげてって言われているからって……いくら何でも揉みすぎでしょ？　なんであなたまで鳴いているのよ？　いくら早く成長させてあげたいからって……やりすぎでしょ？　いいかげん鳴きやみなさいよ……鳴きやまないと、あたしの方も……もぉ……むぉ……ムォ……ムォームオームオームオームオームオームオームオームオームオームオームオームオームオームオームオームオームオームオームオームオームオームオームオームオームオームオームオームオームオームオームオームオームオームオームオームオームオームオームオームオームオームオームオームオームオームオームオームオームオームオームオームオームオームオームオームオームオームオームオームオームオームオームオームオームオームオームオームオームオームオームオームオームオームオームオームオームオームオームオームオームオームオームオームオームオームオームオームオームオームオームオームオームオームオームオームオームオームオームオームオームオームオームオームオームオームオームオームオームオームオームオームオームオームオームオームオームオームオームオームオームオームオームオームオームオームオームオームオームオームオームオームオームオームオームオームオームオームオームオームオームオームオームオームオームオームオームオームオームオームオームオームオームオームオームオームオームオームオームオームオームオームオームオームオームオームオームオームオームオームオームオームオームオームオームオームオームオームオームオームオームオームオームオームオームオームオームオームオームオームオームオームオームオームオームオームオームオームオームオームオームオームオームオームオームオームオームオームオームオームオームオームオームオームオームオームオームオームオームオームオームオームオームアームアームアームアームアームアームアームアームアームアームアームアームアームアームアームアームアームアームアームアームアームアームアームアームアームアームアームアームアームアームアームアームアームアームアームアームアームアームアームアームアームアームアームアームアームアームアームアームアームアームアームアームアームアームアームアームアームアームアームアームアームアームアームアームアームアームアームアームアームアームアームアームアームアームアームアームアームアームアームアームアームアームアームアームアームアームアームアー

ムァームァームァームァームァームァームァームァームァームァームァームァームァームァームァー
ムァームァームァームァームァームァームァームァームァームァームァームァームァームァームァー
ムァームァームァームァームァームァームァームァームァームァームァームァームァームァームァー
ムァームァームァームァームァームァームァームァームァームァームァームァームァームァームァー
ムァームァームァームァームァームァームァームァームァームァームァームァームァームァームァー
ムァームァームァームァームァームァームァームァームァームァームァームァームァームァームァー
ウァーウァーウァーウァーウァーウァーウァーウァーウァーウァーウァーウァーウァーウァーウァー
ウァーウァーウァーウァーウァーウァーウァーウァーウァーウァーウァーウァーウァーウァーウァー
ウァーウァーウァーウァーウァーウァーウァーウァーウァーウァーウァーウァーウァーウァーウァー
ウァーウァーウァーウァーウァーウァーウァーウァーウァーウァーウァーウァーウァーウァーウァー
ウァーウァーウァーウァーウァーウァーウァーウァーウァーウァーウァーウァーウァーウァーウァー
ウァーウァーウァーウァーウァーウァーウァーウァーウァーウァーウァーウァーウァーウァーウァー
ウァーウァーウァーウァーウァーウァーウァーウァーウァーウァーウァーウァーウァーウァーウァー
ウァーウァーウァーウァーウァーウァーウァーウァーウァーウァーウァーウァーウァーウァーウァー
ウァーウァーウァーウァーウァーウァーウァーウァーウァーウァーウァーウァーウァーウァーウァー
ウァーウァーウァーウァーウァーウァーウァーウァーウァーウァーウァーウァーウァーウァーウァー
ウァーウァーウァーウァーウァーウァーウァーウァーウァーウァーウァーウァーウァーウァーウァー
ウァーウァーウァーウァーウァーウァーウァーウァーうぁーうぁーうぁーうぁーうぁーうぁーうぁー
うぁーうぁーうぁーうぁーうぁーうぁーうぁーうぁーうぁーうぁーうぁーうぁーうぁーうぁーうぁー

うあーうあーうあーうあーうあーうあーうあーうあーうあーうあーうあーうあーうあーうあーうあーうあーうあーうあーうあーうあーうあーうあーうあーうあーうあーうあーうあーうあーうあーうあーうあーうあーうあーうあーうあーうあーうあーうあーうあーうあーうあーうあーうあーうあーうあーうあーうあーうあーうあーうあーうあーうあーうあーうあーうあーうあーうあーうあーうあーうあーうあーうあーうあーうあーうあーうあーうあーうあーうあーうあーうあーうあーうあーうあーうあーうあーうあーうあーうあーうあーうあーうあーうあーうあーうあーうあーうあーうあーうあーうあーうあーうあーうあーうあーうあーうあーうあーうあーうあーうあーうあーうあーうあーうあーうあーうあーうあーうあーうあーうあーうあーうあーうあーうあーうあーうあーうあーうあーうあーうあーうあーうあーうあーうあーうあーうあーうあーうあーうあーうあーうあーうあーうあーうあーうあーうあーうあーうあーうあーうあーうあーうあーうあーうあーうあーうあーうあーうあーうあーうあーうあーうあーうあーうあーうあーうあーうあーうあーうあうあうあうあうあうあうあうあうあうあうあうあうあうあうあうあうあうあうあうあうあうあうあうあうあうあうあうあうあうあうあうあうあうあうあうあうあうあうあうあうあうあうあうあうあうあうあうあうあうあうあうあうあうあうあうあうあうあうあうあうあうあうあうあうあうあうあうあうあうあうあうあうあうあうあうあうあうあうあうあうあうあうあうあうあうあうあうあうあうあうあうあうあうあうあうあうあうあうあうあうあうあうあうあうあうあうあうあうあうあうあうあうあうあうあうあうあうあうあうあ……

うぁうぁうぁうぁうぁうぁうぁあああああ……というようにきこえてくることも少しずつ増えてきているように感じるが、あああああうぁうぁうぁうぁーうぁーウァー……また他の国の言葉のように遠のいていってしまうこともあるので、非常にゆっくりとしたペースのままではあるんだろう。

「ウァーウァーウァー」

まったく変わっていないようにだって感じられてくるくらいだが

「ウァーウァーウァ」

一音一音のテンポや速度は少しずつ上がってきているようでもあるし

「ウァウァウァ」

一歩一歩の歩調も歩幅の方も、本当に少しずつだと思うが、上がってきているように感じる機会じたいが、少しずつ増えてきているように感じる。

「ウァうぁあぁ」

そういったとしおの成長の変化にも少しずつ着眼し、傾聴できるようになってきているとも言えるくらい――もしかしたら自分の側の変化なのかもしれない。

「あ?」

としおの側はもしかしたらさらに遅れをとっていっているのかもしれない――思いにかられることもなくはないが

「ぷぁーぷぁ」

「ぷぁーぷぁ?」

「ぷぁーぱ」

「あぁ……」

あくまでそれは他のこどもたちとの比較でしかない。

「パァパ」

「パパ？」

というようにかけ合う父子の横を、白い息を棚びかせながら抜き去っていくこどもたち。

「なに？」

「うぃうぃくぁらぁ」

「うぃうぃ？」

「うぃい」

白い目のようにもやはり感じられてくることはあるものの
「いいから？」

「むぉー」

「もぉー」

「もぉー」

「もぉー……」「としお君」

というように猫木の声の方に割りこんで、としおに挨拶をしてきたりもする。

「おはよう」

「うぉー」

「うん」

「おぉ」というとしおの発音の間に、その白い息で自分の手を温めていたりする。「ふぁ」

「うん？」

「あぁ」

「元気？」

自身の中にも粉雪は存在しているように、白い息を引き続き吐きながら、先に進んでいくこどもたち……

「あぁ」

「じゃあね」

「ゆぉ」

としおの方でもきっと〝おはよう〟と言いたかったんだろう。

「うぁ」

「……うん」

「うぉふぁゆぉ」

ある程度は伝わっていたようにも感じる……

「うん」

「ゆぉ」

「よぉ」

以前は語頭の〝うぉ〟で遮られていたようにも思い返しながら、としおに一歩一歩くっついていく。

「おぉ」

「……うん」

「いくぅ」

依然として後方から次々と追い抜かれていっているので……

「うぅ」

「……うん」

「いくぅからぁ」

黄色い帽子をかぶったこどもたちにも追い抜かれていっているので、あるいは〝一歩一歩〟でもないのかもしれない。

「あぁ」

「……へえ」

「ふぇー」

半歩半歩くらいなのかもしれない。

「〝へえ〟が言いたいのなら、へ・え」

「ふぇ・え」

「へえ」

周りにくらべてただでさえ遅い足どりなのに、路傍の草に触れたり、反対の塀にハイタッチしたり、ふらふら蛇行していったり……

「へえ……塀？」

「へい」

「……へい」

⅓歩⅓歩くらいなのかもしれない。

「へいへいぃ」

「へいへいぃ」

「塀に触るのは、ばっちいよ」

と一応猫木の方から注意するような言葉をかけることもあるが
「へいぃ」

「……へいぃ」

「へえ」

この道のりよろしく、猫木の方も丸めこまれていっているようでもある……

「すぁい」

「すぁい？　さい？」

「るぅさい」

当初よりは道草の方も少しずつ減ってきているのだろうが……

「……るぅさい」

「うぅるさいぃ」

「あぁ、うるさい？」

〝道草〟という名の通り、草を食べるようなしぐさも見せていた気がするが、そもそも一人で歩き進んでいくことじたいが少なかったはずだ。

「るさい」

「くさいじゃなくて」

「うぁ」

少しずつまた点けるようになってきているのかもしれないテレビのチャンネルを換えてあげても、外に出ようとせず、だっこしたまま送っていったことも一度や二度ではなかったはずだが……

「つぅくぁれぇつぁ」

「つぅかぁれ？」

最近はだっこすることまではなくなってきている――という〝断言〟からも、道草さながらはみ出ていくように
「うぉんぶぅ」ひきのばし、またせがんでくる……「つぅかれぇたぁ」

「……え」

「うぉんぶ」

〝おんぶ〟ということだろう。

「……本気ですか？」

「すぉー」

だっことおんぶのどっちが先で後なのかは、今ひとつ判然としないまま
「はぁゆぁくぅ」

としおの方でひとりでに背中に乗り上がっていく。

「……うん」

「はぁやぁくぅ」

おんぶの方がきっと後ということだろう……

「ふぁやくぅ」

という声も、また音の方に寄っていっているようにきこえてくることもあるし
「はやくぅ」

やはり言葉の方に$\frac{1}{3}$歩ずつでも近づいていっているようにもきこえてくる。

「くぅー」

「くぅうー」

言葉と音の間の方もふらふらしているように、傾聴を続けていると……

「うぅうぁ」

「ああ」

「うぁふぁ」

「お・は・よ・う」

と、としおの方で門番とやりとりを始めている……

「お・は・よ・う」

「ぐぉずぁうぃ」

「ございます」校長という肩書きを持った門番で、毎朝門の前に立って、五〇音で仕切られた合言葉を一人一人に仕掛けている。「〝ございます〟まで、きちんとね」

「ふぁい」

「きちんとね」

「はぁい」

「はい」

門番の方でも少しずつ慣れが生じてきているんだろう。

「むぁすぅ」

「〝ます〟」という鍵穴めいてもいる形の中に一応入れてもらえているみたいだ。「はい」

「はうぃ」

「そして」

「てぇ」

「下りなさい」

「ふぁいぃ」

また音の方に寄っていってもきこえだしている耳のそばに手を巻きつけ、としおは一人で背中を下りていこうとしている……

「校内でおんぶはダメ」

門のむこうではおんぶもだっこも許されなくなっているのだ。

「ふぁい」

自転車の送迎も許されなくなっているが、担任の先生にまで送り届けないといけない点は、保育園の時と変わらない。

「……んぅ」

猫木の首を若干絞めるようにもまだぶら下がっている力を受けとめて、はっきりしてきているのは口だけではないんだろう。

「……ぐるしぃ」

手の方も少しずつはっきりしてきているんだろうし……

「うぃー」

下りていった後の足どりの方も、踏み込みがさっきより安定して映るのは、何だろう？　シューズは変わっていないはずだ。

「うぃーうぃー」独りごちながら、底が厚い扁平足用のシューズのベルクロを一人ではがし始めている。「うぃーうぃ」

もしかしたら自分に引き返すように促しているのかもしれない……

「うぃうぃ、うぃい、うぃてぇ、うぃって」

ほかの保護者たちは登校に付き添ったとしても、門の手前やこの昇降口で引き返していっている。

「……じゃあね」

と猫木もとりあえず返しつつ、下駄箱の陰に隠居するように姿をくらます。

「ぶぁいぶぁい」

思春期の方はだいぶ早めに来ているように、もしかしたら自分の存在が恥ずかしくなってきているのかもしれない……

「うぃーうぃー」

視界にまた入ってしまっては、〝お荷物〟のように扱われるし……

「うぃーうぃー」

今日のとしおのTシャツが黄と青が入り混じった色合であることも、一因かもしれない……

「くぁうぇってぇー」

「……え」

〝緑〟と言っていいんだろう……

「かぁえぇってぇ」

「……ああ……はい」

この先に送り届けられているのはむしろ自分のようにも感じながら、〝昇〟った先の廊下もくっついていく……

「てぇ」

「……じゃあ本当にじゃあね」

一〇余名のこどもたちにここでもバイクや車のように抜き去られていて
「うぅうぅ」

新幹線のようにも抜き去られて、$\frac{1}{4}$歩、$\frac{1}{5}$歩、$\frac{1}{6}$歩……引き離されていっている。

「行ったんだけどあんまり面白くなくて、おいしくもなかったし、つかれちゃったけど、やっぱり行ってよかったな、お父さんとお母さんとそれから妹と……」

何やら早口でしゃべりながら進んでいくかれらの歩速が、七倍、八倍、九倍……〝走速〟さながら行き急いでいるようにも見受けられてくるが

「それって昨日の話？　それともこの前の土曜？　日曜？」

そんなに行き急いでいった先に、いったい何があるというのだろう？

「ちがうよ、先週の祝日、ほら、あったでしょ、先週、祝日が」

すばらしい職業や成果や老後にまでたどり着いた所で、七〇年、八〇年、九〇年、一〇〇年たかだかだったはずである。

「じゃあまた後でね」

「二組に休み時間のときにあそびに生くね」

〝生き急いでいった〟とも言い換えられそうなくらい、骨のように白い何かをやはり遺して、先に姿を消していく……

「……あぁ」

途上の〝一年一組〟や〝一年二組〟の中に入っていっただけなのかもしれないが、またたく間に消えていったこどもたちにも動じることなく、1/10歩ずつでもとしおは進んでいっている……

「うぁ」

その分一〇倍以上の時間が、としおにはまだ残されているのかもしれない。

「……うん」

「うぉしぃうぉし」沿道じみた洗面所の蛇口の一つ一つと握手でもしながら進んでいっている……

「よしぃよし」

「……よしよし」

「んぅ」

としおには一般的な道のりより三〇年くらい短い時間しか生まれつき残されていなかったはずだが、もしかしたら……

「だっくぉ」

「……えぇ？」

もしかしたら……あと四、五〇〇年くらいあるのかもしれない……

「だっこぉ」

「……えぇ」このまま門の外にまで抜けていってしまいそうなくらい長く感じる廊下だ。「……いや……ＹＥＡＨ……いやぁ」

「だっこ」

「……もうすぐだよ……きっと」

としおの教室は〝一年三組〟のさらにその先にある。

「おぉ」

「……きっとぉ」

〝二年生〟という学年になっているものの、階は〝一年生〟と同じままである。

「とぉ」

「……とぉ」

時間が速く進んでいるのか、遅く進んでいるのか……

「とぉーさん」

「……ん？」

〝速〟と〝遅〟の間もふらふら揺れ動いているようでもあるし……

「とーさん」

「……とーさん？」

　揺れ動いていることこそが一本の直線に感じられてくるくらい、ひと気のない廊下を連れられていくと……

「父さんぅ」

「……父さん？」

〝秒〟や〝分〟や〝日〟に区画されない時間が漏れ出ているように感じられてくるまでにも、ずいぶん長い時間が流れている気もしてくるし……

「もぉー帰ってぇ」

「……帰って？」

　たった一瞬のようにも感じられてくる……

「ここまでぇでぇ」

「……ここまで……」

　比較する〝普通〟がまわりにいなくなっていることもあるんだろう。

「ありがとぉー」

「……ありがとぉー」

　自分の体の中を流れている液体にしか時間は存在しないようにも感じながら、自身のタイミングで敷居をまたいでいく。

「さんぅ」

「……さん？」

わずかな段差だが、としおの方でも〝季節〟や〝年〟のようにまたいでいる……

「ありが父さん」

〝西暦〟のようでもあるが、まだ〝二年生〟ということだって十二分にありうる。

「……あぁ、ダジャレ……」

やはり猫木の願望もついこもってしまっているのかもしれない。

「……言えるようになったんだ」

もうどれくらい前のことなんだろう……〝校長〟とのやりとりより、数段はっきりしてきこえてきているが
「おはようございます」

幻聴や幻覚かもしれない。

「先生」

あるいは、夢とかかもしれないが……

「今日も一日」気はまだ失っていないはずだ。「よろしく」

夢の中に移っていたとしても、気まではまだ失えない……

「おねがい」

としおに最後までくっついていかないといけないのだ。

「します」

口だけではなく、身ぶり手ぶりもまじえているようで……

「うぉるぉすぃくぅ？　あぁ、よろしく？」

先生たちにも少しずつ伝わるようになってきていることは確かなようだ。

「あ・ん・あ・ん・あ・ん」

一ヶ月に一回程度になってきている他の〝先生〟の教室でも、以前より伝わるようになっていて……

「うぁんぅうぁんぅうぁんぅ」

というようにたとえきこえてくることがあったとしても……

「うぁー」

その場で振ったり、頷いたり、回したり、跳ねたり……

「んぅー」

〝国語〟に一方的に歩み寄っていっているというより

「あぁ」

〝国語〟からも少しずつ歩み寄ってきてもらっているように感じる機会の方も、少しずつ増えてきている……

「んぅ」

そんなに四角くなくなってきているようにだって感じるし

「うぅ」

そこまではっきりとした〝口〟でなくてもいいようにだって感じだしているのも、自分の側の変化なんだろうか？

「うぅんぅ」

〝口〟の中から〝王〟が出ていくような〝国〟の形があったっていいんだろう。

「うんぅ」

輪郭のゆるい〝口〟があったっていい。

「うん」

それぞれの口

「うんぅ」

それぞれの国　それぞれの王　それぞれのラ、ラ、ラ……

## 19

「ラ、ラ、ラ、ライフスツァウィルって歌」

「んぅ？」

「あったよね、たしか……」

「ラ、ラ、ラ？」

「うん」

「ごめん」

「うん？」

「あたしねむいの」

「おれも」

「おれも？」

「あぁ……〝自分も〟かな、〝おれ〟じゃ逆戻りだ、きっと」

「ごめん、あたしねるわ」

　という声にたいする声を返そうとしている内に、一晩二晩流れていたようにも感じられてくるくらい
「そんなにつまらないんじゃ」という後続の声の方は、だいぶ落ちついてきこえてきている。「つまらないでしょ？」

「つまらないのに、付き合ってくれるの？」

「はあ？　ラは一つ、ライフスツァウィル」

「ああ……そっちの方は合ってるの？」

「そっちって？　あたし？」

「ちがう」

「ん？」

「スツァウィルってヘンな方」

「ヘンだから、あたしも憶えてるんじゃないの？」

「いや、オレに、自分にきかれても……」

「たしかライフだったでしょ？　タイトルは」

「……ラ、ラ、ライフ」

「表記はアルファベットだったかもしれないけど」

　ナイフに似ているから語頭に詰まっていたのかもしれない……というようにも思いつつ、記憶の方は今ひとつはっきりしないままだ。

「ほら、昔、音楽のフェスで」

「……フェス」

「祭り」

「いや、それはさすがにわかるけど」

「サスペンダー何とかって」

「サス……」

「あたしも名前まではうろ覚えだけど、ヘンなバンド」

「バンドって、大体ヘンなんじゃ」

「それって、けっこういろんな人に失礼なんじゃ？」

「あいかわらずというか何というか……フロムヒダマウンテンズ」という後続のバンド名は、自分の口の方から脈絡をすっとばして漏れ出てきている……「あった、あった」

　という太鼓持ちのような言葉もひとりでに出てくる……

「だらだら且ぶらぶら」

「うん？」

「よく言ってたじゃない？　そっち」

「そっち？」

「ユータ」

「ユータ？」

「ユタカ」

口が独立しているというより……

「その歌か何かに触発されたか、もとからだったか」

「ユタカ？」

「なにくり返してんの」

「そう？」

「あなたの名前でしょ」

「あぁ……ごめん、宝田」

「タカラダ」

「ダ」

「濁るから」

「……そうだっけ」

「わざと間違え続けてんだろうけど」

口に全身が呑みこまれていっているようでもあり……

「……いや……ＹＥＡＨ……いや……」

「はい？」

「……うん」

「全然おもしろくないから、それ」

「……それ」

結局口から漏れ出ていたことで良かったように、頭や心で考えたり思ったりしている。

「でも」

「ん？」

「まだとしお君が生まれてくる前のことよね」

「……なにが？」

「だらだら……」

「……かつ」不謹慎な言葉のようにも一瞬二瞬感じつつ、たらたらやふらふらやぺらぺらだった気もしてくるが、どうだっただろう……「……ぶらぶら」

「ろくすっぽバイトもしないで」

「……だらだら……」

「ずっとこもって……」

「……ぶらぶら……」

とまた口から漏れ出ているからには、きっと〝だらだら〟と〝ぶらぶら〟だったんだろう……

「脳内にもこもってたんでしょ？　自分の王国つくっちゃったり、イタイことしてて」

「……かつ……カツ……且……」

国是よろしく二つの擬音を引きしめるような〝且〟も入っていたんだろう……

「とし君がおなかにいることがわかって」

「……うん」

「でも、体重がなかなか増えなくて」

「……うん」

「結局せ、せ、せ、」

「……ん？」

「せ、せ、せ、」

精神的にも経済的にも今以上に追いこまれていたような〝オレ〟か〝わたし〟の時期があったんだろう……

「せ？」

「せ、せ、せ、」

「……せ、せ、せ、」

「せ、せ、せぇ、ｓａｙ」

「ｓａｙ？　今言ったの、そっち？」

そんな時期に、天国に近いくらいの〝国〟を夢想していたこともあったかもしれない……

「……ううん」

「せ、せ、せ……ｓａｙパク」

「ｓａｙパク？　パクさん？　韓国のヒト？」

「ちがうちがう、せ、せ、せっぱく早産ぅ」

「……あぁ」

だらだら且ぶらぶらしていられるような国。

「て、て、て、」

「て、て、て……」

「て、て、Ｔ」

「Ｔ？」

「Ｔ？」

「Ｔオー切開で……」

「Ｔオー……ていおう……あぁ、王」

「ＯＨ？」

「オ、オウ」

「おぅ……まぁ……」

「……うん」

「ここまでよくがんばってるよね」

「……がんばってるのかな」

王が率先してだらだら且ぶらぶらしてくれるから、国民もいつまでもだらだら且ぶらぶらしていられる……

「だってシンゾーにだって」たしかに天国みたいな国だ。「ANAがあいていたんだよ……」

「……シンゾー……ANA……」

「はあ」

「……ソーリ？　そっちの王ってこと？」

そして〝オレ〟か〝わたし〟かが、その国の王に就いている妄想を、ぜい肉と共に肥らせていた恰幅のいい時期があったはずだ。

「ソーリー？　何謝りだしてんのよ、いきなり」

「……え」

「父親がそんなだと」

「……父OHYEAH」

としおの発音に寄りかかりつつリハビリじみて言い及んでいっている宝田を向こうに、寝息をたて続けている間のとしおにも視線を配っていると、もしかしたら――といぅ想念も別にうかんでくる。

「本当は一一月二、二ィ、二八日に生まれるはずだったのがぁ」一歩ずつでも半歩ずつでも、血流の方も良くなってきているのかもしれない。「一一月九日に生まれて」

湯船から上がってずいぶん時間がたっているはずだが、そもそもまたゆっくり浸かるようになってきている……といぅ想念も道草のようにくいつつ、もしかしたら――としおは二代目として〝だらだら且ぶらぶら〟を継承しようとしてくれているのかもしれない。

「一一二八……一一〇九……その数字だったのか」

「生まれてきた時も、ネ、ネェ」

「ねぇ？」

「ネ、猫みたいな鳴き声で」

もしかしたら――きちんと実現しようとしてくれているのかもしれない。

「……猫……木……」

「一七九五グラムで生まれて」

「……一七九五」

「うん？」

「なかなか体重ぅが増えなかったじゃない？」

もしかしたら――身をもって体現しようとしてくれているのかもしれない……

「……そうだったかも」

「〝かも〟って」

「……うん」

「まぁあたしも忘れようとしてたけど」

「……へえ」

「エヌゥアイｓｅｅｙｏｕ……スィーユゥーに運ばれて」

「……Ｎ・Ｉ・Ｃ・Ｕ」

ＥＣＣのような英会話スクールのようにきこえて、いくら何でも通わせるのは早すぎる……というように感じたはずの当時の第一印象まで思い起こせるようになってきている……

「せ、せ、せ、」という言葉のインパクトを前にして、宝田も怖気づいているのかもしれないし……

「せ、せ、せん、」

　こちらの耳の方が口のように吃ったり、鼓膜がケイレンを起こしているせいかもしれない。

「せん、せんしょ、せんしょく、せんしょくた……」から先はやっぱりまだすんなりときけそうにはないし「……センは染めるって漢字で、ショクは色で……」

　言えそうにもないみたいだ。

「ほら、体の一番奥底にある点みたいなアレ」

　と結局言い換えてきているが、どうだろう……猫木にとってはやはり〝門〟の方が近い。

「アレの検査も受けて、二、二ジュ、二ジュー、二ジューイ、イ、イ、イ……」

　という数字の方も、やはりまだ難しそうだ……

「ふ、ふ、普通の二本じゃなくて……」

　普通のヒトには二二対あるというアレが、としおのその数字だけは三本になっていた画像か字面かの検査結果を目のあたりにしているのである……

「……二ジューイ、イ、イ、イ……」

　何のために宝田はこんな言葉を言っているんだろう……という気にもかられてくるが、そろそろ自分も越えていかないといけない言葉であり
「イ、イ、イ、イ……」

「イ、イ、イ、イ……」

「イ、イ、E、E、」

数字になってきているんだろう……

「Ｅ？」

「イ、イ、Ｅ、Ｅジメかもしれないって……」

「……うん」

今は西暦の何年くらいになるんだろうか？

「……もしかしたら、って、先生が」

「先ｓａｙって？」

「……学校の」

「ガッコー……あぁ、いつ？」

「……んー」〝暦〟が〝西〟からはみ出ていってしまうくらいの時間がかかりつつ、結局テキトーに返してしまいながら……「……学校に送りにいった時じゃないかなぁ」

「そんなのんきに」

「……んー……ｕｍｍ……」

「それで、どんな？」

一歩ずつでも、半歩ずつでも……

「あったみたい」

「あったぁ？」

「……ラクガキ……」

「ガキィ？」

「いや、まぁ、たぶん、ガキではあるんだろうけれど、書いたのは」

$\frac{1}{3}$歩ずつでも、$\frac{1}{5}$歩ずつでも……

「はあ」

「でもまだ書いたのがだれかまでは分かっていないらしくて……」

「……そう」

「たぶんクラスメイトじゃないかって、先生が……」

「どんな……like……ガキ」

　$\frac{1}{10}$歩ずつでも進んでいく何かに乗せられているようにも感じながら……

「〝しっこ〟と……」

「too？」

「〝ば、ば、ば、bur、burger……」

すべて自分の独り言のようにも感じられてくる瞬間も、一瞬二瞬三瞬……時間の中に領土を拡げていっているようでもあるし……

「バーガー？　ハンバーガーって書かれたの？　いや、YEAH、まぁもういいんじゃない？　何を書かれたかは……いや、よくないでしょ、それでどこに？　どこって？　場所よ場所、書かれた場所……あぁ……手と腕の方に。なんで？　なにぃで？　あぁ、ペンじゃないのかなぁ、なぁーなぁー……って、今そっち？」

そもそも〝自分〟の方も薄くひきのばされていっているのかもしれない……

「それとも、としお君の口ぃ？」

〝わし〟になってきているようにだって感じられてくるし……

「赤い水性のペンみたいだってさ、今朝先生が教えてくれた……こすったら、すぐ消えたんだってさ……なんでご自宅の方で気づかなかったんですか？　だってさ」

すでに自称の言葉からもはみ出していっているのかもしれない……

「お風呂とかで気づきませんでしたかって……」

「うぅー」

「ｔｏｏねられたとかじゃなくて？」

というやりとりが、脳裏やまぶたの裏側や鼓膜や横隔膜や膝などの膜のどこかに浮かび続けているだけかもしれない……

「書かれただけしょ」

「描かれた？」

「ハァー？」

三人のやりとりを見つめるようにもききとりながら

「絵じゃないでしょ」

「ｓｈｏｗ」

「……小？」この口もやはりまだ動き続けているみたいだ……「やっぱり〝しっこ〟の方はまだ……」

「あんまり続くようなら」

「らぁー」

異論や反論ばかりだった気もしてくるが……

「ホームルームとかそんな時間があるでshow?」

「はぁ?」

「みんなに立ってもらってtee」

こういったやりとりじたいがそもそも無くなっていたはずだった。

「teaタイム?」

「んぅー」

「いったいさっきcolorどこのクkneeeのクォトvarよぉ?」

広大な正論の中で生息する〝異論〟や〝反論〟といった名の生物たちを目のあたりにしているようにも、体内のどこかの膜にスクリーンさながら思い浮かべていると……

「ha、ha、犯人が出てくるだろうcolor」

「あぁんぅあぁん」

「そんなやり方……」

利き手ではない手の方が一動物のように動きだしていき……

「ビ、ビ、beemタァ……でも一発……」

「つぅーんぅー」

「んなことできるわけないでshow、センsayに」

おなかや腰の方も動きだしていき……

「されたことあるｙｏｕ、ｂ・ｏ・ｋ・ｕ」

「ビーオークェーユー」

「ぼくぅ？」

足の方もやがてそのうち一生物のように動きだしていく……

「うん」

「くぅー」

「まぁそんなこといいから、ｄａｙｍｏｒｅ」

筒状につながっているはずの血管の中を運ばれていっているようにも感じながら、玄関口の方に迫っていっている……

「でぇもぉ？」

「今後ｍｏｒｅ続くようなら」

「学Ｑの方もむずかＣのかぁ」

時間と共に住居の囲いの方もひきのばされていっているのかもしれない……

「Ｑ？　モンダイ？」

「と、と、父ぉー」

「ｔａｌｋ……別支援学Ｑもいろんな子がいるｃｏｌｏｒ」

一軒家のようにだって感じられてくる玄関口の外にまで、杖をつきながら出ていくと……

「どんどん増えてるよｎｅｗ？」

「ニュー？　まぁ新しいｎｅｗ」

「ドゥーだろぉ……」

ガラス張りの玄関口がもう一枚しつらえてあり……

「学Ｑの〝ロ〟の方ｍｏｒｅゆるんできてるのかｎｏｗ……」

「ｎｏｗ」

「え？　いまぁ返事した？」

スロープから先の門のむこうには、ヒトだろうか……

「としおーじゃない？」

「……ＯＨ」

「王」

こちらの目の問題もひょっとするとあるのかもしれない……

「まぁもともと一年ｓａｙから六年ｓａｙまでいｒｕｌｅくらすだからｎａｍｅ」

「ねぇー」

「テキｔｏｏなのはやめｔｅａ、とし王」

門扉のすき間が三本目の足のようにも映ってきていて……

「ＯＨ」

「ファーイ」

「なんか外国ｇｏみたいなの、ｍｏｒｅ言わないｄａｙ」

重心がずいぶん安定している……

「デイ？　今日だけ？」

「そっちでｓｈｏｗ?」

「小・チュー・高」

青と黄だけではない色も包みこんでいく草原色のジャンパーを羽織っているみたいで……

「でもシーエム学級の方がいつかダメになるとするｔｏｏ」

「コマーシャル?」

「しえんぅ学校の方になっていくねぇ」

ズボンにもすでにたくさんの島や大陸じみたシミがおさまっていっている……

「ヌェー」

「なんか動物みたい……」

「〝フツー〟の子がまったくいないガッコー、カッコー、カッコー」

きっと配達のヒトなんだろう。

「〝ショーガ〟を持っている子ばかりが……」

「生姜?」

「ｃａｒ」

顧客であるはずのこちらには、それでもいっこうに頭を下げてこない……

「ショーガァ……」

「あぁ、そっちの方角はまだぁ……」

「カッコー、カッコー、カッコー」

外気の寒さもあるのか……震えながら突っ立ったままであり、両脇の門柱の方が丸みをおびて映ってくるくらいだ……

「カッコウ？　どっかにトリも？」

「ｍｏｒｅ」

「マドアの外じゃない？」

頭を下げることを我慢しているようにも見受けられ、まぶたのすき間からは白っぽい水が漏れ出てきているようにだって見受けられてくるが……

「マド？　ドア？　Ｄｏｔｃｈ？」

「モォーどこまでが〝ｗｈｏ・ｔｗｏ〟かも分からないｓｅｅ」

「ｓｅａ」

これもこちらの目の問題――〝白内障〟というものがあった気がする……

「ウミみたい……」

「〝ウミみたい〟っていう今の声はトゥーしお？」

「ｕｍｍ」

〝障〟……

「ｍｍｕ」

「ムゥー」

「むぁー」

とけ出している雪のようにも見受けられてきている白っぽい水を漏らしつつ、体は門の手前で立ちつくしたままである……

「まぁーべつにわざわざいかせなくてｍｏｒｅ」

「どこニイ？」

「ニイ？　アニキってこｔｏｗ？」

荷物はどこにあるんだろう……

「ｔｏｗじゃなくてｋｎｅｅ」

「あぁ」

「ヒザの方がつま先より上？　下？」

杖をそのまま引きとろうとしてくるようでもあるが、これもこちらの目の問題だろうか……

「集荷ですかぁ？」

という独り言の調子のままたずねてみるも……

「ｃａｒ？」

こちらの言葉はそのまますり抜けていってしまう……

「そうですｃａｒ……」

「学校だＹＯ」

「あぁ」

というかつての三人のやりとりを再び漏らし始めてしまっているようでもあるし……

「いかせないとダメェーでしょ」

「ＯＨ　ＹＥＡＨとして」

「オーイヤー……〝親〟」

という単なる風の音のようにも少しずつきこえてきている……

「罰せられルンルンだｃｏｌｏｒ」

「でもこうやっ手ぇ」

「手ぇ？」

「受けさせてくれるんだｃｏｌｏｒ」

どこまでが風の音で、どこからが言葉なんだろう……

「なにｗｏｗ」

「Ｋ・Ｙ・Ｏ・Ｉ・Ｋ・Ｕ」

発しているのは相手の口のようにもきこえだしてきている……

「キョ・オー・イ・クゥ」

「ｓｏ、そぉ」

「そう〜」

閉ざし続けている口とはべつの穴――鼻の穴、耳の穴、毛穴、へそ、肛門から漏れだしているおならの音のようにも少しずつきこえてきている……

「キョーイクのキョーって〝強ぅぃ〟？」

「キョオォ」

「べつに弱くてもいいんじゃなｗｅ」

もしかしたら本当におならの音なのかもしれないし……

「けっこーいい国なんじゃないｋｎｏｗ？」

「Ｄｏ　ｙｏｕ　ｋｎｏｗ？」

「ｋｎｏｗってｎｏでもよさそうだｎａｍｅ」

あるいは、足の音なのかもしれない……

「ＷＨＯ―ん」

「どこまＤＡＹがこっちの国でぇ」

「どこｃｏｌｏｒがそっちのクニィなんでｎａｔｉ―ｏｎ？」

荷物は見当たらないままだが……

「ｃｏｌｏｒ？　イルォ」

「ミドリィ」

「あぁ・んぅ・あぁ・ん……」

こちらの目にはもはや映らないくらいの小さな物を持ってきているとでも、手の方で判断しているんだろうか……

「あ・ん・あぁ・んぅー」向き直りだしている相手の左手に、印鑑の筒を手渡し始めている……

「うぁー」

忘れないように、いつもジャンパーのポケットの中に入れてあったんだろう……

「んぅー」

こちらが羽織っていたジャンパーも草原色であることに気づいた時には、すでに門ごしに手渡し終えている……

「うぁー」

いっこうに下げてこない頭とは裏腹に、相手の左手だけはずっとこちらに向いて垂れ下がっていたのである……

「うぅー」

〝、〟のようにも垂れ下がっていた左手に、こちらも左手でバトンのように手渡し終えているはずだが……

「ウァー」

爪、指、掌、手首、腕、肘……と、こちらの体ごとひきのばされていっているようでもあるし……

「ウゥー」

印鑑の筒を介して、そのまま相手の体の内側に進んでいっているかのように感じさせてくるくらいにらせんしている肩口じみたカーブもこえていく……

「ウィー」

というのは、もしかしたらこちらの足音なのかもしれない……

「ウォー」

ずいぶん久しぶりに感じる外出のようでもあるし……

「ウェー」

自宅がそのままひきのばされていっているだけのように感じだしている感覚の方も、一緒にひきのばされていっているんだろう……

「ヌェー」

印鑑の中の〝猫木〟という字形も、絵や道のりの形状じみて感じられてくるくらいだ……

「ヌォー」

一戸一戸や一片一片の石畳……

「ウォー」

蟹歩きで進んでいくような畦道……

「うぉー」

蔵造りの一戸一戸をなでるように回りこんでいく小道……

「うぁー」

水田に挟まれた二車線……

「うぅー」

砂利に架かる石橋ごと呑みこんでいくように進んでいった先の鎖骨型の駅のホームからは、そのまま電車に乗りこんでいるが……

「うぃー」配達のヒトじゃなかったんだろうか……「いぃー」

血管という管の内側の可能性もある車内には、たくさんのヒトが細胞のようにもうごめいていて……

「いぃー」

全員が全員見覚えのあるヒトに見受けられてきている……

「くぃー」

〝ヒロちゃん〟とはあのヒトだった気にもなってくるし……

「すぃー」

凭れかかっても吊り革につかまってもいないのに体幹が異常に良いそこのヒトこそが〝テッチャン〟にも感じられてくるし……

「むぃー」

ライフみたいな音楽をイヤホンから失禁し続けている隣のヒトこそ、〝テッチャンのお姉ちゃん〟のようにも感じられてくるけれども……

「ふぃー」

むこうの〝ケツカッチン〟じみたヒトだって、〝テッチャン〟や〝テッチャンのお姉ちゃん〟と目鼻立ちがそっくりだ……

「つぃー」

目と鼻があれば、だれだって〝受付〟のヒトじみてもくるし……

「ぬぃー」

目と鼻がなくたって、どこかの〝先生〟にはきっとなれるようになってきているんだろう……

「うぃー」

〝宝田〟の姿もあった気がするし……

「ｗｅ」

〝宝田〟とよく似た〝あのコ〟の姿もすぐそこに見えてきているが……

「いぃー」どうだろう？「いぃー」

というように発し続けている……

「つぃー」

というような数をかぞえ続けていたのかもしれない……

「ぬぃー」

まだ不馴れなこちらに案内してくれようとしている校内のようにも感じながら、ゆっくり一歩ずつ進んでいく……

「すぁーんぅー」

ゆっくり一両ずつ進んでいく……

「すぃー」もしかしたら、〝みいちゃん〟というあだ名だったかもしれない……「ぐぉー」

〝みい子〟という本名だった気にもなってきているが、ずいぶん〝猫〟木にもっていかれているようでもある……

「るぉーくぅー」

もっていってくれるように感じたからこそ、友だちになろうとしていたようにも思い返す速度もゆっくりしながら、校内か車内を進んでいく……

「ぬぁーなぁー」

血管の管内を進んでいっているようにも、しだいにぽかぽかしてきていて……

「ふぁつぃー」

むしろ暑いくらいにまでなってきている……

「きゅうぅー」

暖房がきいているのか……はたまた代謝という名の何かが上がってきているのか……

「じゅうぅー」

いつのまにか関節などと共に季節の節目の方もまたいでいっているのかもしれない……

「じゅうー」

という音に合わせた呼吸の方も、少しずつではあるけれども、確実に息せき切っていて……

「いちぃ」

一両の長さそのものの方も、$\frac{1}{100}$歩ずつでも、$\frac{1}{10}$歩ずつでも短くなってきているようである……

「にぃ」

窓を開け放った車両も増えてきている……

「さんぅ」

という一音も、$\frac{1}{5}$歩ずつでも、$\frac{1}{3}$歩ずつでも、半歩ずつでも短くなってきているように感じさせてくる車両の末端には、〝優先席〟という何かが貼りついていて……

「しぃ」

風景なのか、絵なのかが、窓の外なのか、内なのかに貼りついていて……

「ごぉ」

街路樹のようでもある〝優先席〟の形状の枝葉の方も、夏に近づいていっているみたいである……

「ろくぅ」

〝お年寄りの方〟というヒイラギ……

「ななぁ」

〝からだの不自由な方〟というスイセン……

「はちぃ」

〝乳幼児をお連れの方〟というハクバイ……
「きゅうぅ」
〝妊娠している方〟というソメイヨシノ……
「にじゅー」
〝内部障がいのある方〟というサルスベリやハイビスカスとおぼしい鮮やかな花弁にまで至った車両が、ちょうど二〇両目のようであり……
「にじゅー」
最終車両でもあるらしいこの先には進むことができなくなっている足をひき継いで、左手の指が吊り革の上を這い始めている……
「い、」
五本そろう時もあれば、一本だけの時もある……
「い、」
四本の時もあれば、まったく動かなくなる瞬間もあるから……
「い、」二本か三本かなんていうのは、まったくとるに足らないことだ……「い、」
視線の方も足を引き継いでいるらしく、花弁や枝葉の葉脈にまで進んでいっている……
「いぃ、」
〝受付〟みたくは受け付けられなくなっていた形のはずだった……
「いぃ、」
目で読むことも、耳できくことも、口で言うことも、心で思うことも、頭で考えることもできなくなっていた……〝障がい〟のはずだった。

「いぃ、」

〝がい〟というように丸みをおびてあったとしても、手でも書けなくなっていたはずだが……

「いぃ、」

けっして力を合わせているわけではないんだろう……

「いぃー、」

吊り革につかまりだしている右手と左手で、パンチを薄め合っているのかもしれない……

「いぃー、」

というように書けているのも、今は左手の方なのかもしれないし……

「いぃー」

という数の方も、いずれは言えるようになってくるのかもしれない……

「いぃー、いぃー、」

いずれは書けるようにもなってくるのかもしれない……

「いぃー、いぃー、いぃー、」

だらだら且ぶらぶらと〝20〟を行きているうちに……

# 20

「いいかげんちゃんとしろよぉ、おめぇはぁ、いつまでテキトーなまんまなんだよぉ、ったくよぉ、一〇分二〇分ですむ距離だったろぉ？　この住所はぁ、なんでぇ二時間もかかってんだよぉ、ったくぅ、二時間だぞぉ、二時間ぅ」たったの二時間……「デリバリィまで引き受けてくれんのはぁ、ほんとにぃ助かっけどよぉ、業者にたのむとぉ、手間賃かかるからぁ、ほんとにぃありがてぇけどよぉ、肝心の商品をぉ、忘れていくってぇ、いったいどーゆーことだよぉ？　途中で気づくんならぁまだしもぉ、帰ってきてから気づくってぇ、どーゆーシンケーしてんだよぉ？」

「……どーゆーシンケー……あぁ、神経……どこなんでしょう……」

「どこなんでしょおじゃねぇよぉ、ったくぅ、とぼけやがってぇ」

「……神経は見ませんでしたよ、途中では……」

「どこぉほっつき回ってたんだよぉ」

「……車内だったんじゃないかと……」

「シャーナイ？　仕方ない？　ん？　あぁ、車内……ってぇ、電車で運びにいってたのかよぉ？」

「それか体内か……」

「はぁ？」

「……校内か、管内か、すべてを呑みこんでいく国内ということにもなってきているのか……」

「はあ？」

という音ののびの方も、以前よりは少しずつはっきりしてきているだろうか？

「……それか、店内か……」

「そんなに広くねぇよぉ、ここはぁ～」というようにだらしなくのびることはあったとしても、語尾まできき とれる機会が増えてきている……「おめぇほんと大丈夫かぁ？　目も眠そうだしぃ」

「……閉じようとしてるんですか……」ね――という語尾を、こちらの口の方が言いきれなくなってきているくらいだ。

「寝てねぇんじゃねぇのぉ？」

「……寝てはいると思いますけ……」

「はあ？」

気を失うことがまだできていないだけのことだ。

「寝てぇはいるぅって、どうゆうことだよぉ？」

「……ここももしかしたらもう夢の中かもしれないですけ……」

夢を呑みこんでいく現実を呑みこんでいく夢を呑みこんでいく現実を呑みこんでいく……

「またわけのわからんことをぉ」

「……ですかね」

「もうちっとぉちゃんとぉしろよぉ」

「……ちゃんとぉ……」

「いいかげんよぉ」

「……なんだか〝ぼく〟みたいなことを」

「もぉいいトシになんだからよぉ」

「……言ってきますね……」

「もぉアルバイトォじゃねぇんだからよぉ」

「……え？」

「時給ぅでもねぇんだからよぉ」

　時給じゃない？

「〝うぇ〟じゃねぇよぉ」そんな風にききとられる発音のままなんだろうか……「一〇んぅ社員の自覚をぉもっとぉ持てぇ」

「……一〇んぅ？」

「じゅんぅ」

「じゅんぅ？」

「じゅんじるぅの準ぅ」

「……あぁ、数字じゃなくて……」

〝社員〟という中心にも着々と巡っていっているみたいだ……

「ほんとにぃおちょくってんのかぁ、おれだってピリピリィしてんだからぁ」どうりで暑くなってきているわけだ……「べつにおめぇをぉ準ぅではあってもぉ」

「……ええ」

「〝へえ〟じゃねぇよぉ」

「……え・え」

「社員にしなくてもよかったんだがぁ、スタッフゥが足りなくなってきてぇ」

個人にとらわれた事情でもないような口ぶりである……

「このゴジセェー」

「……ゴジセェー」

「おちょくってんのぉ？　ご・じ・せ・うぃ」

「あぁ、ご時世」

「このコ、コ、コ、」

「コ、コ、コ、コ？」

「コ、コ、コ、コ、」この音から始まる言葉が、どうやらこの〝店長〟にとっての門であり……「コ、コ、コ、コ、」

「コ、コ、コ、コ？」

「コ、コ、コ、コロ、」

「……コ、コ、コ、コロ……」

障がいそのもののようでもある……

「コロ、コロ、コド、」

「……コド……」

「ちゃうぅちゃう」

「……え？」

「コドじゃなくてコロ、」

いやいや〝王〟冠をかぶせられている〝口〟のようでもある〝がい〟の漢字の方は、まだまだ書くのに力が入ってしまいそうだが……

「……コドじゃなくて、コロ……」

「コロ、コロ、コロ、コロちゃん」

という〝ちゃん〟も道草のようにくいつつ……

「ほら、あんだろ？　なんで、おまえピンと来ないまんまなんだって」

「……コロちゃ……」

「ほら、新しい」

「……新しいって言われましても、まだテレビのニュースまでは……」

「ほら」

「……ほらって言わ……」

「はやく」

「べつにそんなにはやくする必要はないんじゃないでしょうか」

と久しぶりに言いきれたように感じた時には、さらに中心に迫っていっているらしく……

「この温度に上がったら」〝暑い〟というよりは、もはや〝熱い〟くらいだ……「鍋に落とすんだよ、早く」

中心そのもののようでもある角型の鍋の中にエビ、トリ、レンコン、サカナの一つ一つを落としいれているつもりだが……

「手離れが悪いなぁ」だそうである。「油がはね返ってくるのを恐れずに、どんどん落としていかねえと」

　ダマになってしまうとまで言いきっている〝コロモ〟こそ、このヒトが伝えたがっていた言葉なのかもしれないし
「コロモがペチャペチャになる前に」ともはっきり言えるようになってきているが、ちょっと早すぎないだろうか……「タイマーが鳴ったら、すぐにすくい上げられるように」

　語尾の方もほとんどのびなくなってきている……

「エビは尾っぽが丸まりすぎると小さく見えっから、とくに速めに」

という事情もからんでいるのかもしれないが、やはり速すぎる……

「……なるほど」

　こっちももっと速く成長していかないといけないように感じられてくるくらい、半歩、一歩、二歩、五歩、一〇歩……バイクや車さながら追い抜かれていっているようでもあるが……

「おめえにはちゃんとクギを刺しておかねえとな、他のスタッフにはわざわざ言わねえことだがよ」

　年齢の方はたしか二か三か下だったはずだ……

「天ぷらにまで持ち込むなよ」

「……何をです？」

「おめえのそのテキトウなの」

「……テキトウ」

　七九八歳とか七九七歳とかだろうか……

「テキトウだ、適当」

「……そんな固い漢字」

「感じ？　あ？　いくら何でも」

「……はあ」

〝店長〟と〝国王〟はちがうのだろう……

「速すぎだろ、すくい上げるのが」

「すくい上げる？」

「救い上げる」

「……ああ」

救い上げ方もまだ教えられていないのだろう……

「まだタイマー鳴ってねえじゃねえか」

「体がひとりでに……」

「ひとりで？　ひとりでに？　職人みてえなこと言うじゃねえか」

「……ひとりでもないのかと……」

今度はこちらが教えてあげないといけない時期にさしかかってきているのかもしれない……

「耳でききとったとか？」

「……耳だけではない気が……」

「油の音を」

「……油の音が脂の言葉に変わっていく瞬間はあったかもしれないけど……」わしが、自分が、わたしが、オレが、ぼくが……教えてあげないと。「……耳とか目とか手とかだけじゃなくて、全土で……」

「〝全土〟も引っかかるけど」

「……あのさ……」

「なんでおまえ、さっきからオレにタメ口になりだしてるんだって」

「……たしか年齢は……」

としおの声も前方からきこえてくるようでもある……

「下でも、ここでは長はおれだから」

「……でも王は……」

「まったく、あいかわらずテキトウだな」

「……テキトウ」音のままのようでもあるし……言葉のようでもある。「ウゥー」

「しかしまあ火の通り具合はこれくらいが適当なのかもな」

「……適当」

「デリバリーやテイクアウトの途中でぺちゃぺちゃぐちょぐちょもしねえだろうし」

「……ぺちゃぺちゃぐちょぐちょじゃなくて……」

音も言葉も共生できる国語に、二代目がしてくれているんだろう……

「このご時世にはな」

「……だらだら且ぶらぶら……」

「売上の方もちょっとずつアップしてきてるしな」

「……アップ」

もしかしたらアップの方でもあったのかもしれない……

「一時はどうなるかと思ったが、何とか持ち直して」

「……持ち直して」

「食洗器も新しいのが来たし」

「……食洗器」

〝、〟のように下がるばかりでなく、〝′〟というように上がっていくバトンでもあったのかもしれない……天ぷらそのもののようにまで熱くなってきている……

「リースだけど、一度に洗える枚数も増えたし」

「……いや」

「前のやつみたいにはもう泣かなくなって……」

「……ちがう」

〝下がる〟や〝落ちる〟や〝気を失う〟という意味では、そもそもないこと。

「稼働音もいいテンポだろ？　おめえの口調も」

「……あの背中は」

「なんだか新しい食洗器みてえな」

「……現国王の」

症例を最初に発表した外国の医師の名前をとっているだけであること……から先は、まだまだ伝えられそうにないけれど……

「背中？　あぁ、ホール側を向いているけどな」

「……二代目の」

「黒くてカッコイイだろ、タッパもあって」

「……二代目の」

その医師も同じ国のヒトだったように感じられてきた時には、新幹線そのもののようにまで感じられてきている……

「二代目二代目、さっきからうるせえな」

「二代目のバトンを受けるのも……」

「もしかして、おめえのオヤジさんも天ぷら職人だったってこと？」

「だらだら且ぶらぶら」今度はこの体内に乗り返してきているのかもしれない……「……且」

「どうりで救い上げる手つきもスムーズだったわけだ」

「……〝皿〟みたく」

「だったら速く言えよ」

「……〝血〟みたく」

一年、一月、一日、一時間、一分……間隔が狭くなっていっている……

「まあおめえっつうか、おめえのオヤジさんのおかげもあって」

「だれが継いでもいいようにしてくれたんだ〟」

「いい年をこせそうだよ」

「だれが座ったっていいようにしてくれたんだ〟」

一秒ずつ、コンマ一秒ずつ急かしてきているようでもあるこの震動に乗せられて……

「ニーマルニーマルも案外あっけなかったな」
「……テッチャンでも、テッチャンのお姉ちゃんでも、」
「来年もコロちゃんはいるんだろうけど」
「……受付でも、先生でも、宝田……早紀でも、」
今年ももうすぐ終わり……
「おめえの言う通りかもな」
「……みい子、三意子、美衣子でも、」
「だらだら且ぶらぶら過ごすのが一番かもな」
「……そこのキミだって、」
来年にはもっときちんと伝えきれるようにならないと……
「焦っても、天ぷらが焦げるだし」
「……キミだよ、キミ、」
「今世紀くらいにはな」
「……そこの門のむこうのキミが引き継いでくれたっていいんだよ、」
今世紀のうちにはもっときちんとこの先を……
「しっかし、おまえが連れてきた新しいの、なかなかいいじゃねえかよ」

# 21

だらだら且ぶらぶらと生きないといけないんだよ〝皿〟みたく〝血〟みたくテキトーに読まないといけないんだよこの（玉）ではぼくだっておぼえさせられてきたんだからキミだって

初出

故郷　『群像』２０１７年11月号
イベリア半島に生息する生物　『文學界』２０１３年12月号
あカ佐タな　『ことばと vol.4』
王国の行方――二代目の手腕　『群像』２０２１年5月号

単行本化にあたり、加筆修正を行いました。

**松波太郎**（まつなみ・たろう）

1982年三重県生まれ。文學界新人賞、野間文芸新人賞受賞。著書に『よもぎ学園高等学校蹴球部』、『LIFE』、『ホモサピエンスの瞬間』、『月刊「小説」』、『自由小説集』、『本を気持ちよく読めるからだになるための本』、近著に『カルチャーセンター』。


# そこまでして覚えるようなコトバだっただろうか？

2023年5月20日　第1刷発行

著　者　松波太郎

発行者　田島安江

発行所　株式会社 書肆侃侃房（しょしかんかんぼう）

〒810-0041
福岡市中央区大名2-8-18-501
TEL　092-735-2802
FAX　092-735-2792
http://www.kankanbou.com
info@kankanbou.com

編　集　池田雪

装　画　平井豊果

ブックデザイン　佐藤亜沙美

DTP　黒木留実

印刷・製本　シナノ書籍印刷株式会社



ISBN978-4-86385-576-2 C0093